追放された世界唯一のお荷物テイマー、ネクロマンサーに覚醒する

1

～ありあまるその力で自由を謳歌していたらいつの間にか最強に～

すかいふぁーむ
Illustration 日向あずり

プロローグ

「【ネクロマンス】」

俺がそう唱えると、目の前にいた不死の魔物《アンデッドモンスター》がみるみるうちにその形を崩していき、地面に吸い込まれるように消えていく。

——スケルトンナイトの【ネクロマンス】に成功しました
——スケルトンナイトの能力を吸収しました
——スケルトンナイトのスキル【上級剣術】を取得しました

「終わったかしら?」

「ああ、そっちはどうだ?」

声をかけてきたのはヴァンパイアロードのミルム。

普段は赤いその瞳が金色に輝いている。戦闘モードだったようだ。

同時に眩しいほどにほとばしる強大な魔力が目に飛び込んでくる。

「これでここの魔物は片付いたか？」

「確認はあなたのほうが得意じゃないのかしら」

「それもそうか……」

目を瞑《つむ》り館全体を俺のイメージの中に閉じ込める。


「【ネクロマンス】」

広域化されたネクロマンスにより、建物内にいた不死の魔物《アンデッドモンスター》たちを一掃する。

【ネクロマンス】はおおまかに、死んだ魔物を仲間として使役する力、すでに死んでいる魔物を浄化する力、そして不死の魔物と盟約により結ばれる力を持っている。

今回使ったのは浄化の力。かわいそうだが、隠れていたゴーストも俺の力で浄化させてもらった。

——ゴースト三体の【ネクロマンス】に成功しました
——ゴースト三体の能力を吸収しました
——ゴーストのスキル【浮遊】を取得しました。【黒の翼】への統合を行いました
——ゴーストのスキル【打撃耐性】を取得しました。【物理耐性】への統合を行いました
——ゴーストのスキル【剣術耐性】を取得しました。【物理耐性】への統合を行いました

「キュオオオオオオン」

「グモォオオオオオオ」

「そっちもお疲れさん」

使役するフェンリルの精霊体、レイと、ミノタウロスの精霊体、エースがやってくる。

二匹は館に残る物理的な障害と魔物、ネズミなどの小動物の排除を行ってもらっていた。

「ありがとな。これでこの館の浄化依頼は完了かな？」

「そうね。これでここも使えるようになるんじゃないかしら？」

とはいえ、長年アンデッドの住処《すみか》となるほど放置されていた建物を誰がどう使うのかはわからないけどな……。

「いっそこのまま私たちがもらっちゃおうかしら」

「やめてくれ……」

言えば本当にくれそうな依頼主なのだから……。

今回も浄化の目的は近隣への風評被害がひどくなる前に手を打ちたいというものだったはず。使うためじゃないし、なんなら誰かが使っていたほうが再びそういう状況にならずにすむとか、言い出しかねない。

「まあ拠点はあって困るもんじゃないけど……」

「良いじゃない。私はこういうの、好きだけどね」

そりゃヴァンパイアが住んでいそうな小高い丘の洋館だからな。

まあそれはおいおい考えよう。

じゃれついてくるレイとエースをあやしながら依頼達成の報告へ戻る。

きっと外ではドラゴン《アール》も、俺たちの戻りを今か今かと首を長くして待っているだろうからな。

一話　お荷物テイマー

攻守に優れ、またそのカリスマによりパーティーを束ねるリーダー、剣士のフェイド。

国内最高峰の魔法学園を歴代最高成績で卒業した天才魔道士、メイル。

王国の盾とも評された元最強騎士団長、重騎士ロイグ。

パーティー最年少ながら次代の奇跡の聖女と名高い最高神官、クエラ。

そして……。

「パーティーのお荷物、テイマーのランド……か」

ため息を吐きながら今の自分の立ち位置を再確認した。

確かに才能ある四人と比較すれば俺は残念ながら凡人もいいところだった。

フェイドの幼馴染というだけでパーティーにいるような形になっているし、それももう限界が近いことは自分でもよくわかっている。

「フェイド！　いつまであいつを甘やかしておくんだ！」

隣の部屋からロイグの荒々しい声が響いてくる。

宿はいつも三部屋。

男部屋にフェイドとロイグ。

女部屋にメイルとクエラ。

そして、もう一つは厩舎《きゅうしゃ》や物置小屋だ。残念ながら俺の居場所はここだった。

テイマーという性質上、使い魔と一緒にいたほうが都合のいいことは多い。作業効率を思えば別に不自由はしていないんだが、最初のうちは俺にもベッドが用意されていたことを思うとな……。

いつの間にか俺の扱いは使い魔と同じになっていたらしい。

「まあそれは良いけど、こうして四人とも一部屋に集まってるときまで呼ばれなくなったのはこう、寂しいよなぁ」

「くぅん」

一角狼《いっかくろう》のレイが慰めるようにペロペロ俺を舐めてくれていた。

普段はパーティーメンバーの荷物を、戦闘時は俺を乗せて壁役を買って出る最高のパートナーだ。

今も周囲の警戒を怠らず、近くにいた狼系の魔物たちに指示を飛ばしてくれている。

もちろん宿屋は信頼できるところを選んでいるとはいえ、Sランクパーティー、そして勇者パーティー候補となっている俺たちは常に警戒を怠るわけにはいかない。

「ワォオオオオオオオオオオオオオン」

「ほれ見ろ！　あの犬っころがうるさくて俺たちはおちおち寝てもいられねえじゃねえか！」

ロイグには全くこの意味は伝わっていないようだが……。

言ったんだけどなぁ……。周囲の警戒は俺がやるってことは。

当たり前だと言い捨ててやり方までは耳を貸している様子はなかったし、仕方ないと言えば仕方ないか……。

「俺だってなんとかしたいと思ってるが……」

続いて聞こえて来たのはフェイドの声。

フェイドも俺のことをもうよく思っていないことはわかりきっていた。

それでも俺をパーティーから追い出さないのは女性陣二人の意見が大きい。

「ランドさんも精一杯活躍してくれています。一方的に追い出すのはやはり……」

「……ランドは、いいやつ。ご飯をくれる」

クエラとメイルがそれぞれ言う。

メイルに関してはこう、動物みたいなところがあるので食べ物をくれる人はいい人という少しあれな評価だったが。

要するに今俺がいられるのはクエラの慈悲の心によるところが大きかった。

最高神官、次代の聖女はさすがだった。だがやはり……もうそれでも俺の居場所がないことは俺自身が一番理解していた。

「ったく……まあいい。今日は寝るぞ」

「ああ、明日はいよいよ神滅《しんめつ》のダンジョンだ」

「神をも滅ぼすダンジョン……ですからね。気合を入れましょう！」

「……楽しみ」

隣で人の動く音が聞こえる。

「おい！　ランド！　聞こえてんだろ！　てめえ次その犬っころを鳴かせたらただじゃおかねえぞ！」

ロイグがこちらへ叫んできていた。

「だってさ。レイ」

「くぅん……」

今夜の警戒は仲間なしでこなす必要がありそうだった。

◇◇◇

いつからこうなったのか。

パーティーのお荷物、と言われてしばらく経つが、自分で言うのも何だがそれなりの仕事はこなしてきたと思う。

索敵《さくてき》、警戒、荷物運び、斥候《せっこう》……。テイムのおかげで俺はできることが多い。

その分便利屋として貢献してきたつもりだったが、どうしてもその反面、純粋な戦闘能力では四人についていけなくなっていた。

取得できる経験値が違うのだからそうなるのも仕方ないことだろうと、そう思っていたんだが……。

「それは俺だけだったみたいだな」

「くぅん」

「まあ……仕方ないか」

ペロペロと慰めるように俺の頰を舐めるレイ。

この相棒のおかげで俺はこれまでやってこれた。それはもちろん実力の面で、一角狼という身に余るほどの力を持ったレイが手を貸してくれていることもある。だがそれ以上に、こうして精神的な支えとなってくれていることが何より大きかった。

唯一心を許すパートナー、それがレイだ。

次のダンジョンが終わればもう、このパーティーにいられないことはなんとなくわかっている。

いや、自分からいなくなってもいいと思っていた。

「最後くらい、少しは役に立ったと思わせたいものだけどな」

そんな俺の思いを汲み取るように、ふわふわした毛並みをこちらへ押し付けながらレイはしきりに俺を舐めてくれていた。

「よーし！　いよいよ神滅のダンジョンか」

「これまで誰も踏破者のいないダンジョン。気合を入れよう」

「皆さんに神の加護があらんことを……」

「……ん。でもその神、神滅のダンジョンなのに生きてる？」

「神は皆さんの心にいるのです」

それぞれ自由に話す輪の中に俺はいない。

なぜなら……。

「ぼさっとしてんじゃねえぞ！　おめえはその荷物持ちすらできなくなったらいよいよ居場所なんざねえんだからな！」

「ランド……悪いが急いでくれ。俺たちはもうランドのスピードには合わせられないんだ」

荷物を全部押し付けておいて好き勝手言ってくれるものだった。

まあいい。レイの頭を撫でて気合を入れる。

実際、半分以上レイが持ってるからな……。俺が弱音を吐くのはやめよう。

「では、参りましょう」

「遅れんじゃねえぞ！」

どやされながらもなんとかついていく。

――神滅のダンジョン。

Sランクパーティーがこれまでも挑んで敗れてきた謎のダンジョンだ。

五階層の時点で単体生物として無類の強さを誇るミノタウロスがフロアボスとして現れたという噂もあり、その先は不明。今のフェイドたちを以《も》ってしても余裕はないだろう。

その予想は大方当たっていた。

実際、攻略開始直後から苦戦を強いられる場面が続出していたのだ。

「くそっ！　なんでこんなとこから魔物が!?」

索敵を兼ねて俺が先頭に出たわけだが、魔物や罠は俺が通り過ぎてからもパーティーに襲いかかっていた。

「おいランド！　てめえサボってんじゃねえぞ！」

「今はそんなこと言っている場合じゃありません！」

「……んっ……もう、鬱陶《うっとう》しい」

三人が戦う中でフェイドと目が合う。

「ランド……倒せとは言わない。せめて発見をして報告をしてくれればいいんだ。だから……」

「ああ、悪かったよ」

それだけ言ってレイと先に行く。

俺もサボっているわけではもちろんないし、そもそも普通に考えれば先頭を行く俺たちが無事で、後ろの人間が苦戦することなんてありえないことはわかる。

要するにこのダンジョンを全方位に渡って危険が潜むものとして認識する必要のある事態だが、俺へのストレスが溜まっているフェイドはそれを認めないわけだ。

ここで俺がそれに不満を訴えても状況は改善しない。

ならその罠も含めて集中して探すことにしたほうがいいだろう。

「くそ……！　こんだけ使えねえならいっそ……」

「落ち着けロイグ。だが……確かに少し考えないといけないな……」

二人の不穏な声を背に、パーティーはダンジョンを進んだ。

「フェイド！　右から五体！」

「くっ……こんなに迫られてからでは索敵の意味など……」

もちろん先頭を行く俺の元へも魔物は殺到している。

レイがなんとかそいつらを処理してくれている間に周囲を見渡し、かろうじて指示だけ送っているという状況だった。

「ロイグ！　後ろだ！」

「だぁっ!?　てめえまた取りこぼしやがったのかクソが！」

それでも後衛職のメイルとクエラの元へ向かう魔物だけはなんとかある程度は防いでいた。

だがこのダンジョンの敵は魔物だけではない。

「きゃっ!?　これは……」

「クエラ触るな！　毒だ！」

トラップ。

異様に多い上にそのどれもが強力だった。即死級のものはさすがにわかりやすくなってくれているので俺が処理して進んでいるが、ものによっては見逃しもある。

そして何より、先頭の俺ではなく明らかに後衛を狙った発動条件のトラップがさっきから多く見受けられ、もう俺にはどうすることもできない状況になっていた。

「ランド。もう良いから早く行って」

メイルは俺の索敵や罠解除は意味がないと判断したのかそんなことを言う。

だが言葉通りに受け取ればボス戦の前に全員が消耗しきることになるだろう。反論しても良い結果にならないであろうことはわかりきっているので黙ってスピードを上げる努力をした。

その後もやはり俺の後ろで魔物や罠が出現するケースは複数回あったが、かなりの数を先んじて潰せたと思う。

この努力が後ろにいるパーティーメンバーに伝わることはなかったが……。

「最後まで使えねえ！　くそっ！」

「まあまあ……ランドさんも精一杯やってくれていましたから……」

悲しいことにパーティーの良心と言っていいクエラですらこれだった。

まあいい。いよいよボス戦だ。

「よし。ここからはフォーメーションを変える」

フェイドの声で俺は後ろに下がる。

戦闘時のパーティーの前衛はロイグ。そして俺はターゲットがロイグに集中しすぎないようにヘイトコントロールをする遊撃に切り替わる。

「ロイグはいつもどおり、メイルの攻撃の溜めを作ってくれ」

「あいよ！　任せとけ！　俺が前衛ってのがどういうもんか見せてやらあ」

あからさまに俺の方を見て挑発するようにロイグが叫んだ。

「俺はクエラを守りながら機会を見て攻撃に回る！　クエラは俺とロイグのフォローを頼んだ！」

「わかりました！」

「よし、行くぞ！」

俺には声をかけることもなく、フロアボスの間《ま》にフェイドたちは踏み込んでいった。

「行くか。レイ」

「ワオォオオオオオオオオオオオオオオオン」

「だぁっ！　うるせえ！」

俺たちには気合をいれることすら許されていないようだった。

二話　裏切りと覚醒

「なっ⁉　馬鹿な……」

フロアボスの間に入った瞬間、フェイドが固まった。

フェイドだけではない。パーティーメンバーが全員、固まってしまっていた。

「おいおい……ここのボスはミノタウロスだって話だったがよぉ……」

「これが……神滅のダンジョン……」

「……ん」

実力と名声を兼ね備えた次期勇者パーティーの面々の表情が恐怖に歪んだのには理由があった。

「ミノタウロスが……五体⁉」

予想だにしていなかった事態。

即座にパーティーリーダーのフェイドが指示を飛ばす。

「逃げるぞ！」

「逃げるってったってよおっ！　フロアボスの間に入っちまった以上、こいつらのターゲットは俺

「五階層を抜けきれば大丈夫です！　それまで逃げきれば……！」

「ん……流石に五体は、無理」

ミノタウロス。

A級危険度最上位とされる魔物であり、その圧倒的物理攻撃力を以って数多くの実力のある冒険者たちを屠《ほふ》ってきた最悪の魔物の一角。

冒険者の中にはドラゴンより戦いたくないという者さえいる化け物だ。

それが五体ともなれば、いかにSランクパーティーであるフェイドたちであっても逃げの手を打たざるを得ない。

フェイドが即座に攻略から離脱へ頭を切り替える判断をしてくれたことは俺たち全員にとって僥《ぎょう》倖《こう》だった。

「とにかく走れ！」

「フェイド！　荷物はどうする!?」

走り出したフェイドに声をかける。

一応荷物はレイに持たせているが、これがなければレイのスピードなら二人くらいは乗せても逃げきれるんだが……。

「当たり前だろ！　お前が死んででも荷物は持ってこい！」

たちだぞ!?」

「何を言っているんですか！　荷物のことなんて今は……！」

「ん……今はそれより、走る」

意見がまとまらない。

とりあえずなんとか五人分の重い荷物を持って走ることになった。

当然だがそんなことをしていればスピードは落ちるんだが……一応パーティーのために頑張るか。

いや今この状況、俺だって命がけだ。

荷物を持っていても四人に追いつけているのはその危機感によるものもあるだろう。

レイも俺の荷物を奪うようにいつもより多く担いでくれていた。

「くそっ！　どうにかなんねえのか!?　メイル！　おめえ天才だなんだって言われてただろ!?」

ロイグが走りながら叫ぶ。

メイルも息を切らしながら、いつもの淡々とした口調で答えた。

その一言が、俺の運命を決定づける。

「一人……死ねば助かる」

その視線は自然と俺に向いた気がした。

「はっ！　良かったじゃねえか！　ちょうど良いとこにちょうど良いやつがいてよぉ！」

ロイグは口元を歪めて俺を見てそう言った。

「待て!?　本気か!?」

慌てて反論する。

「そうですロイグさん！　いくらなんでも！」

「じゃあよぉクエラ。てめえが死ぬか？　あぁ？」

「それは……」

それだけ言うと申し訳なさそうに、それでもはっきりクエラが俺を見つめた。

その顔にはもう、次期聖女としての慈愛はまるでなくなっていた。

くそっ……なんなんだこいつらは！

本気で俺を餌にして逃げようとしている……。なんとかしないと……。

だが焦りからか、荷物の重さからか、徐々に皆に追いつけなくなっていく。背後には巨体を揺るがせて、斧を振り上げながら迫りくるミノタウロスたち。

そうこうしているうちに話をしていた三人、メイルとロイグとクエラは俺を置いてどんどん走っていっていた。

だがフェイドだけは俺の方にペースを合わせてきてくれた。パーティーリーダーとしてこの状況に思うところがあったんだろうか。

だとしたらありがたい。せめて荷物を分担できればと思いフェイドの方を向く。だがフェイドの口から告げられた言葉は全く想定していないものだった。

「ランド。俺は正直、このダンジョンを踏破したらもう、お前はパーティーから外れてもらう予定だったんだ」

「ん？」

それはまあ、なんとなしにはそうだと思っていたので不思議ではない。

だがなぜそれを今……？

「だけどなランド。ここでお前が活躍してくれるって言うなら、その考えも改めようと思うんだ」

「活躍……？」

何を言っているんだろう。その意味がわからず困惑する俺にフェイドは冷たく告げる。

「ここで華々しく散ってくれれば、将来勇者パーティーになった俺たちが語り継いでやる。永遠に」

「お前……!?」

一瞬でも感謝の念を覚えた自分が馬鹿みたいだ。

フェイドとの付き合いは長い。そしてパーティーリーダーとしての責任感もある。だからこそ殿《しんがり》まで来て、この状況を打開してくれるのではないかと期待してしまった。

だが、どうやらそういうわけではないらしい。むしろこいつは……率先して俺を餌にしに来たんだ。

「レイ！」

荷物のことなどもはや気にかけている場合ではない。

逃げる足を一瞬緩めてでも、まずフェイドの魔の手から逃れないといけない。

荷物のせいもあって距離ができていたレイに手を伸ばして指示を与えようとしたが……。

「無駄だよ。次期勇者の俺に、お前なんかが勝てるわけないだろ」

「がはっ……」

フェイドの攻撃のほうが早かった。

遅れてきたレイが割って入ったことでフェイドとの距離は離れたが、それでももう致命的に手遅れだった。

「みんなのためだ」

フェイドの剣の柄が俺の腹に突き刺さる。

剣身を当てなかったのは決して手加減や慈悲ではない。ここに俺がどうすれば長くとどまるか、ここで俺がどれだけ時間を稼ぐかだけを考えた結果に過ぎない。

もし剣で刺されていれば俺はあっさりあいつらに食われて時間稼ぎにもならないだろうからな。

息が止まる。そしてもちろん、足も止まった。

「悪く思うなよ……むしろここまでお荷物のお前を養ってきたんだ！　その上お前の活躍を大々的に語り継いでやるんだから、感謝されてもいいくらいだと俺は思うがな！」

去り際にフェイドが付け加える。

「お前はSランクパーティーに所属したまま、伝説になって死ねる。お前の活躍はしっかり広めるから安心してくれ」

「待っ……」

だめだ。声もでない。

くそ……。ミノタウロスたちはもうすぐそこに迫ってきている。

本気でやりやがった……。

だがもう、どうでもいいかと思い始めている自分もいた。

俺を追放しようとして、俺を裏切ったフェイド。

もともと俺を悪く思い続けていたロイグ。

料理係程度の認識しかなかったメイル。

そして一応は気にかけてくれていたクエラですら、俺のことは使えない荷物係だと思っていたことは、最後の表情からよくわかる。

要するに誰も、俺を見ていなかった。

誰にも認められていなかった。

俺の努力も、俺の働きも、その全てが、あいつらにとっては要らなかったらしい。

そう思うともう、ここで抵抗もなくあっさりやられてしまえば、ミノタウロスたちがあいつらのところにも追いついてくれるんじゃないかとか、そんな考えが頭をよぎり出した。

気持ちが切れたせいだろう。寝ずに宿周辺の警戒に当たっていた疲れが一気に身体を襲った。もういい。眠ろう。

そう思ったときだった。

「キュウアアアアアアアアアア」

「レイ!?」

そう何度も聞いたことのない、相棒であるレイの本気の咆哮《ほうこう》だった。

そしてその勢いそのままにレイは進行方向とは逆に飛び出していく。

「!?　グォアアアアアアアアアアアアアアア」

立ち止まる俺の目の前で、レイが反転してミノタウロスへ襲いかかっていた。

呆気にとられるように一瞬固まった後、先頭を走っていたミノタウロスが待ち構えるように咆哮を上げた。

「キュウアアアアアアアアア！　ガッ!?」

レイが渾身《こんしん》の体当たりを食らわせるが、ミノタウロスの肉体に傷をつけるには至らない。

むしろ到達する直前、ミノタウロスの丸太のように太い腕がレイを地面に打ち付けていた。

「グォアアアアアアアアアアアアアアアア」

「キュアアア……ギュッ……ガァッ！」

弱者が立ち向かったことが気に食わなかったのか、単にそいつの性格なのか、ミノタウロスが何度もレイを打ち付ける。

だがそれでもレイは果敢にミノタウロスへ挑み続けていた。

「レイ！　待てやめろ！　どうして!?」

一角狼はBランクの魔物だ。俺の身に余る本当に優秀なパートナーではある。

だが、もちろんAランク最上位のミノタウロスに敵《かな》うはずもない。

ましてや五体もいるミノタウロスに挑んで、無事にいられるはずはない。

「やめろ！　やめてくれ！　お前だけなら逃げられるだろ!?」

「キュウアアアアアガアアアアアアアアアアアアアアアアア」

目の前で蹂躙《じゅうりん》されていく相棒。

もはや咆哮は、悲鳴に似た叫びとなってダンジョンを震わせていた。

「待ってくれ……どうして……」

殴られながらも、しばらくは走り回って致命傷になる攻撃だけは躱《かわ》して来たレイだが、ついにミノタウロスの剛腕に捕らえられた。

「ガッ……」

「レイ！」

ミノタウロスの持つ斧が、レイの頭に吸い込まれていく。

やめろ……。

やめてくれ……。

だが無情にも、ミノタウロスの斧は振り下ろされた。

「レイぃいいいいいいいい」

「きゅっ……ぎゅぁ……ぁ……」

「レイ！　レイ！」

思わずレイのもとに駆け込んでしまっていた。

ミノタウロスが俺もろとも狙ってきていることなど目に入っていなかったんだと思う。

そのくらい、今はもう、レイのそばにいたかった。

「レイ……」

最期の瞬間。

ミノタウロスの振り下ろす斧はスローモーションのように見えていた。

「ごめんな……すぐ行く」

動かなくなったレイを抱きしめながら目を閉じた。

だが一向に、待っていた最期の瞬間が訪れることはなかった。

「え？」

『キュォオオオオオオオオオオオオオオオオオオオオン』

「レイ!?」

目を開けると不思議な光景が広がっていた。

死んだはずのレイがなんと、ミノタウロスの斧を弾き飛ばし、その上ミノタウロスの一体の首筋に噛みつき、引きちぎっていたのだ。

「グモォオオオオオオオオオオオオオオオオオオ」

それはミノタウロスの断末魔だった。

だがおかしい。確かにレイは俺の腕の中にいるというのに、なぜあちらにもレイがいるんだ!?

「グモォオオオオオオオオオオオオオオオオ」

『キュアアアアアアアアアアアアアアアアア』

「グォァアアアアアアアアアアアアア」

レイの分身のような何かは圧倒的な強さを誇っていた。

ミノタウロスの攻撃などまるで意に介さず、的確に急所を攻撃し、一体、また一体とミノタウロスを屠っていた。

そして最後の一体。

「グモォオオオオオオオオオオオオオオオオオオ」

『キュアアアアアアアアアアアアアアアアアアアアアアアア』

「グ……ガッ……」

バタン、とミノタウロスの巨体がダンジョンの地面に倒れ落ちていた。

「一体何が……」

そのときだった。

「ぐぁ……なんだこれ!?」

激しい頭痛とともに頭の中に何かの声がなだれ込んできた。

——ネクロマンスの習得条件を満たしました。ネクロマンサーの力を開放します
——力の開放によりレイ（一角狼）が使役可能になりました
——テイマーの能力、使い魔能力吸収（微）がネクロマンサーの能力、使い魔能力吸収（全）へグレードアップします
——レイ（一角狼）の能力を吸収しました
——ミノタウロスの能力を吸収しました
——ミノタウロスの能力を吸収しました
——ミノタウロスの能力を吸収しました
——ミノタウロスの能力を吸収しました

――ミノタウロスの能力を吸収しました
――ステータスが大幅に上昇しました
――テイマーの能力、使い魔強化によりレイ（一角狼）のステータスが大幅に上昇しました

『くぅん』

ぺろぺろと心配そうにレイが舐めてくれていた。

「レイ？　レイだよな？　お前」

『キュオオオオオン！』

元気に返事をするレイをよく見ると、俺が抱いていたレイと違い、その身体が透けていた。

「これは……」

『キュオオオオン！　キュオオオオン！』

だが嬉しそうに尻尾《しっぽ》を振りながら俺の周りではしゃぐ姿は、生前のレイそのものだった。

体が透けていることと、よく見れば浮いていることを除けば。

「待てよ……ミノタウロスの能力を吸収したとかって声もあったな……」

あの頭に響いた無機質な声を思い出す。

レイの能力と同時に、俺は五体のミノタウロスの能力を……？

だとしたらレイと同じようにミノタウロスも使役できたりするのだろうか。

『グモォオオオオ』

「うぉっ!?　びっくりした……」

呼びかけに応じるようにミノタウロスの死体から透けた身体が浮かび上がってきていた。

「もしかして、お前らもレイみたいになるってことか……?」

『グモォオオ』

だがミノタウロスたちの透けた体は、なぜかそのまま光の塊のようなものになり俺の体に溶け込んでいった。

「これは……ああ、これが能力吸収か」

テイマーは使役する使い魔の力に応じてある程度ステータスが上昇する特性があった。おそらくそれが能力吸収（微）というやつだ。

そして今、ミノタウロスたちの力の源のようなものが俺の中に入り込んできた。これが……。

「能力吸収（全）ってことか?」

実際今までにないほどの力が内側から溢れ出ているような感覚がある。

「てことは……」

試しに近くにあった壁を思い切り蹴ってみた。

――ドゴン

「え……」

　ダンジョンの壁に綺麗な足形の穴が開いていた。

「まさかここまでとは……いやまぁミノタウロス五体分ならこうなるのか……？」

　能力吸収（全）とは言っていたがレイの力が全くなくなった様子は見られない。吸収というよりは共有のようだな。

『キュウン！』

「よしよし」

　甘えるように頬ずりするレイを撫でながら考える。

「ミノタウロスがいなくなったってことは……使役するのにはまた別の条件でもあるのだろうか？」

　何はともあれとにかく、このダンジョンのフロアボスだったミノタウロスを倒したわけだ。


　生きてる。

　それだけではない。

　大幅に力をつけた実感もある。

レイを失ってしまったことはショックではあったが、こうしてネクロマンサー？　として使役できていることと、この姿になったレイ自身を見ている限りあまり気にしないで良いような気もしてくる。

今も尻尾を振ってまとわりつくようにじゃれてるからな。

まるで生前と変わらない。いやむしろ、本当に死んだのかすら怪しいくらいだ。

目の前に、動いているレイとは別にその骸《むくろ》が転がっていなければ夢だと思うだろう。

『キュオオオオオオオン』

むしろテイマーのときよりレイの気持ちが伝わってくるようだ。

今のレイにあるのは死んだショックではない。

勇敢に戦い、主人である俺を守りきった誇りと、死してなお主人に仕えられる喜び。そしてそれ以上に……。

「お前、強くなれて嬉しいのか」

どうやらレイにとって肉体の死は大した問題ではないらしい。

『キュオオオオオオン！』

むしろそれより強くなってこれからも一緒にいられることを喜んでくれていた。

「ありがとな……レイ」

本当に恵まれた主人だと思う。

俺の実力ではBランクの魔物なんて本来使役などできなかったはずだ。だというのにここまでずっとついてきてくれていた。

そして俺のせいでその生命まで奪われたというのに、まだ俺とともにいることを選び、喜んでくれている。

『キュウン？』

こんなに嬉しいことはなかった。

「となると……これならあのパーティーでもお荷物ではなくなるか」

頭に浮かぶのはあのメンバーの顔だった。

罵《ののし》られ、犠牲にされ、殺されかけた……。

「いや、冷静に考えてあのパーティーなんてこっちから願い下げだろう」

ミノタウロスのいないダンジョンならあっさり抜けきる実力はあると思うから、今頃ギルドの酒場で俺の死を悼《いた》むフリをしてあることないことを喋ってることだろう。

「よし。あいつらにはこの荷物、全部きっちり返した上でこっちから願い下げだと伝えよう」

ついでにギルドに真実を伝える必要もある。

パーティーを抜けてソロで活動するならランクはC辺りからになるだろうか。

それも良いかもしれない。

「自由に生きてみるか」

『キュオオオオオン！』

返事をくれたレイを撫でながら、これからのことを考える。新しい生き方に少し、ワクワクしている自分がいた。

◇◇◇

「さてと……そしたらこいつら……どうするか」

ミノタウロスたちの死体は貴重な素材だ。

レイの骸もこのままにはしたくない。

それぞれどうにかして持ち運びたいんだが……。

「どうやって運ぶか……？」

これまでは全部レイに任せていたわけだが、この身体でそれができるのか……？

と思っていたらまた頭にあの声が響いた。

――スキル『死霊《しりょう》の棺《ひつぎ》』の習得条件を満たしました
「死霊の棺……？」

『キュオオン！』

透けた方のレイが実体のほうのレイを咥《くわ》えて戻ってきた。

え、触れるの？　いやまあ俺が撫でれたからそりゃそうか。でもなんか不思議な光景だな。

「あのスキルを使えってことか」

『キュオオン！』

「よし……　【死霊の棺】」

意識して唱えるとすぐにレイの身体が吸い込まれるように虚空に消えた。

「おお……」

今のがスキルってことか……？　吸い込まれたということは反対に取り出すこともできるのだろうか。

試してみよう。

「【死霊の棺】」

今度は手をかざして出すことを意識して唱えてみる。

「おお！」

するとすぐにレイの身体が目の前にポンと召喚《しょうかん》された。

「これは便利だな……！」

『キュオオオン！』

「ああ。ミノタウロスもこれなら持っていけるってことだよな」

すぐに五体のミノタウロスがスキルによって消失した。

「めちゃくちゃ便利だ」

これ、荷物にも使えたりするのか……？

『キュウン？』

俺が浮かべた疑問符に合わせるように首をかしげるレイ。

まあ何でもかんでもわかるわけじゃないよな。試していこう。

「【死霊の棺】」

レイが担いでいた荷物に向けて手をかざしてみたものの反応はなかった。

「ダメか」

『クゥン』

だが次の瞬間再び頭にあの声が響いてきた。

――ミノタウロスが使役可能になりました

「え？」

『グモォオオオ』

突然目の前にミノタウロスが出現した。敵意はない。そしてこいつもレイと同じように、身体が透けていた。

現れたミノタウロスは転がっていた荷物を拾い上げると綺麗にまとめて持ち上げる。

「なるほど、運んでくれるってことか」

『グモォ！』

レイより大きな身体なので俺が背負っていた荷物まで全て担ぎ上げてくれていた。すごいな。

「にしてもミノタウロスが荷物持ちって豪華だな……あぁ、こうして話すなら名前をつけた方がいいか」

『グモォ！』

心なしか嬉しそうなミノタウロスが鳴いている。

「そうだな……エースでどうだ？」

『グモォオオオ！』

喜んでくれたみたいだ。

と、また頭にあの声が響いた。

――使い魔強化によりエース（ミノタウロス）のステータスが大幅に上昇しました

「なるほど……使役し始めて、名前をつけると使い魔として認定される……といったところだろうか」

とりあえずこれでエースも強くなったんだろう。

レイが単体でミノタウロス五体を完封していたところから見るに、霊体になるだけで強くなっていると考えていい気がする。

単体でAランク上位の魔物が強くなるって……いいや今は深く考えないでおこう。

「ま、とりあえず帰るか」

『キュオオン』

『グモォオ』

今やミノタウロス五体を完封する別の生き物だが、元一角狼のレイ。

単体戦闘力で竜を凌《しの》ぐことすらあるミノタウロス……その強化バージョンと言えるエース。

そして俺は、お荷物テイマーからネクロマンサーというものになったらしい。

おかしなパーティーになったが帰路につくことにしよう。

行きの道よりもパーティーは減った。だがそれでも、行きの道より遥かに足取りが軽い。

「どうするかなぁ。ここをでて、まずはギルドに報告に行くだろ？」

『クゥン！』

『グモォ！』

わかってるのかわかってないのかわからない二匹が返事をしてくれる。

「その後はどうするか……。ネクロマンサーってのは、他にもいるのかね？」

『クゥン？』

テイマーは何人か見てきたがネクロマンサーは初めて聞いた職種だった。

「仲間を探してもいいし、ソロでやっていってもいいし、お前らは何がしたい!?」

そんな話をしながらダンジョンを抜けていく。

強くなった二匹のおかげで全く苦戦することもなくすんなり抜けることができた。

「逆にもう一回ここに来て攻略するのもいいいか」

夢を膨らませながらダンジョンから生還する。

さて、いずれにしてもまずは、俺を殺しかけたあいつらのところに行かないとだな。

別に仕返しをしたいとは思わないが、物を返す必要もあるし、しっかり報告に行く必要もある。

「いっそ勇者を目指すのも面白いかもしれないな」

色々な可能性に考えを巡らせながら、二匹と不思議な旅をスタートさせた。

三話　予期せぬ苦戦

「くそっ！　帰りの道だってのに何でこんなに魔物が出て来やがるんだ!?」

「ロイグと俺で前衛を張ろう！　メイル！　クエラ！　援護を！」

「ダメです！　フェイドさんは後ろにいてください！」

「なぜだ!?　前さえ守っていれば……くっ!?」

ランドを犠牲にして四層まで逃げ込んだフェイドたちパーティーは、帰路で思わぬ苦戦を強いられていた。

「このダンジョンは前からだけじゃないです！　四方から魔物が現れます！」

「だがそれでも、前の方が圧倒的に多いぞ!?」

「ですが！　後ろに守りがいない状況では立て直せなくなります！」

「くっ……」

クエラは叫びながら感じていた。

逃げ遅れたと聞かされたランドが道中、どれだけ障害となる罠や魔物を倒していたかということを。

もしこれが行きの道でも起きていたのだというのであれば、ランドは信じられない量の魔物やトラップを捌《さば》きながらも私たちに指示を飛ばしていたということになる。

まさかフロアボス以外の階層でこんなに苦戦するなんて思いもしていなかった。

「ランドさん……」

今更気づいたところで後の祭りだ。

これはメイルもひしひしと感じているところだった。

「ロイグ……ヘイトコントロール、下手」

「だぁああ！　うるせえ！　数が数なんだ！　しょうがねえだろ!?」

確かにロイグの言う通り数の問題はある。

だがロイグの雑なヘイト管理をいかにランドがうまくコントロールしていたかもまた、後ろにいるメイルにはよく伝わっていた。

もともとロイグの強みはその強靭《きょうじん》な肉体に支えられる圧倒的な防御力だ。ヘイトコントロールだなんだという技術的な力はほとんどないといっても良い。そのロイグがパーティーで前衛として活躍していたことがまさに、ランドの有能さを表していた。

「くっ……まさかこんなところで苦戦するとは……」

「くそがっ！　あの雑魚《ざこ》が俺らの荷物ごと死にやがったからこうなってんだろうが！　剣が錆びて

ちゃ切れねえってんだ！」

ロイグの言い訳は他の三人、特にリーダーのフェイドには別の方向から突き刺さっていた。

ランドがいなければあれだけ潤沢《じゅんたく》な物資をダンジョンに運び込むこともできなかったことが今、浮き彫りになったからだ。

「くそっ！」

フェイドが迫りくる魔物へ苛立ちをぶつけるように叩き潰す。

ランドなどただのお荷物だと思っていた。

本当に何の役にも立たない、ただ迷惑をかけ、進行を遅らせ、食い扶持《ぶち》を奪う、それだけの存在のように扱っていた。

フェイドにとってランドはただのパーティーメンバーではない。

二人はいわゆる幼馴染だった。

「まだ……俺の前に立ちふさがるというのか……」

街の誇りとまで言われた天才神童ランド。

勝手にライバル視して、相手にすらされなかったフェイド。

意図して意識の外に追いやっていたが、戦闘に参加しづらい荷物持ちをさせて経験値が入らないようにしたことも、雑用を押し付けて極力パーティーメンバーがランドの優秀さに気が付かないようにしていたのもフェイドだった。

いつの間にかそんな話を忘れるくらい、すっかりランドはその立ち位置に順応していた。

狙い通りではあった。

だが今フェイドがこうして次期勇者とまでもてはやされるに至ったのは、幼少期のランドを追いかけ、ときに教えを乞うたからこそである事実もある。

Sランク冒険者、次期勇者とまで言われるに至ってなお、こうして追いつくことのできない差を、また何も言わず見せつけられる。

その事実はフェイドの心を掻《か》き毟《むし》るように逆撫でした。

「くそぉおおおおおおおお！」

感情をあまり表に出さないフェイドの変化にパーティーメンバーは一瞬呆気にとられるが、状況を見て気合を入れたのだろうと頭を切り替える。

「ちっ……とにかくこの三階層さえ抜けりゃあ出てくる魔物も少しはましだろう！　クエラ！　回復切らすんじゃねえぞ！」

「わかっています！」

ロイグがさらに前に出て叫ぶ。自分が傷を背負うことを覚悟したようだ。

予期せぬ苦戦を強いられたSランクパーティー。

なんとか迫りくる魔物たちを躱しながらギルドへの帰還を目指した。

四話　神器

「あーそういえば……フロアボス倒すと宝箱がもらえるんじゃなかったっけ？」

『グモオオ！』

肯定するようにエースが吠えてくれた。

ダンジョンは魔物が多いため素材集めに適しており、またそこでしか採れない鉱物を始めとした採集品もあるため、冒険者の狩場として人気のスポットになる。国やギルドの依頼を受けて内部の調査や攻略を行うことで、その後の冒険者たちが安心して狩りを行えるようにするというのも、上位の冒険者の役割の一つだ。

ダンジョンの特徴はそれだけではない。いやむしろ、ここからが重要だ。

「ダンジョンと言えば宝箱だもんな」

『キュオオオン』

ダンジョン内には各地に散らばる宝箱が存在する。そこから産出される魔道具や武器、防具などは希少価値が高く、これらを獲得することが冒険者にとってのある意味、冒険者人生をかけた一つのゴールでもあった。ものによっては一生遊んで暮らしてもお釣りが出るような貴重品を手にする者もいるため、一攫千金《いっかくせんきん》を夢見る冒険者たちはこぞってダンジョンの宝箱を探すのだ。

そしてその宝箱を確実に手に入れられる方法が、未開拓のダンジョンのボスを倒すことだ。

基本的にはボスの強さに応じて手に入れられるアイテムの価値は変わると言われており、これは階層別に現れるフロアボスでも同じだ。

ミノタウロスを五体も倒したのだ。得られる宝箱に何が入っているのかと期待に胸が膨らんだ。

「案内してくれたりするか?」

『グモ!』

着いてこいと歩き出してくれた。

「行くか、レイ」

『キュオオオオン』

元気に返事をしたレイを撫でて後を追った。

五階層にはミノタウロス以外の敵はもういないためゆっくりと落ち着いて進むことができる。

フロアボスの間は来た道を戻ればいいだけなんだが、エースの案内は来た道とは少し違っていた。

「これは……」

マッピングも俺の担当だったからわかる。

罠も魔物も心配がない今、エースだからこそわかる最短ルートに切り替えてくれたのだということが。

あっという間にミノタウロスたちと出会ったフロアボスの間に舞い戻っていた。

「な……」

フロアボスの間に戻った俺は思わず息を呑んだ。

さっき来たときとはまるで違う景色だ。

巨体のミノタウロスたちがいないというのも大きいが、何よりもそこに置かれた五つの宝箱とその中身が、部屋の印象を別物に変えていた。

置かれた宝箱は五つ。

すでに開かれている宝箱からは、それぞれ最高品質の武具が見え隠れしている。

「なるほど……入ったメンバーに対応させたのか」

剣、鎧《よろい》、ローブ、杖、そして……。

「マント……か？」

『グモォ！』

「着けろってか」

『グモォ！』

よくわからないけど、まぁたしかに五つの宝箱がパーティーメンバーに対応しているなら、これが俺用ということになるだろう。

黒ベースのマントはなぜか裾の部分がちぎられたようになっている。だがそれを含めてデザインであることは、そういったことに無頓着な俺でもひと目でわかる。

不思議と『ネクロマンサー』という職種にしっくりくるような気がしてすぐに手にとって装備した。

マントを身に着けた途端、頭にまたあの声が響いた。

——黄泉《よみ》の外套を装着しました
——ネクロマンサーとしての能力が向上しました
——能力吸収の効果が向上したためステータスが上昇しました
——使い魔強化によりレイ、エースの能力が向上します
——使い魔の姿を自由に可視化、不可視化できます

「おお……」

身に着けただけでここまで変わるかと驚くほど、力が漲《みなぎ》る感覚がある。

それともう一つ、気になる情報があったな。

「可視化……?」

俺には最初から姿が見えていたが、試しに可視化を念じてみる。

『グモォ！』

『キュオオオン！』

エースとレイが初めて出会ったようにはしゃいでいた。

「もしかしてあれか。俺にしか見えなくなってたのか？」

二匹がなぜかじゃれ合い始めたのでそういうことかもしれない。

だとするとこれは意外とありがたい装備だったかもしれない。

レイはともかくミノタウロスであるエースはそう気軽に人前に出せるものではない。

とはいえ荷物を宙に浮かび上がらせているのと、ミノタウロスの霊を引き連れているのとどちらがいいかという問題だが……。いや待て、そう考えると見てわかってもらえたほうが楽な面も多いかもしれないな……。

まぁとりあえず、普段はいきなりミノタウロスが見えると驚かせるだろうからレイだけ見せてエースは隠そう。

「あとのものも後腐れのないようにあのメンバーに渡すとして……この先はまた今度だな」

この装備を全て俺のものにしたってばれないだろうし、ばれたところで俺を責める道理はないだろう。

倒したのは俺なのだから。いや正確に言えばレイだがそれはまあいいとして。

「けど、俺が持ってたくないからな」

俺がこの装備をあいつらに渡す最大の理由はそれだった。

あいつらは積極的かそうでないかの差こそあるが、俺を見殺しにしたことは間違いない。

いい思い出とは言い難《がた》い装備をいつまでも持っていたくないわけだ。

それに生きて帰った俺が、自分たちは逃げるしかなかったフロアボスの討伐証明であるこの武具を持ち帰ったという事実は、多少なりともあいつらなりに気にしてくれるかもしれないしな。常に自分の装備として存在することになるならなおさらだ。

「と……まあそれは別にどっちでも良いんだけどな」

さてと……。

フロアボスの間からは次の階層へと続く道が広がっており、まるでここに来た者を誘うような雰囲気を発している。

『グモォ！』

「気をつけろってか？　わかってる。すぐには来ないよ」

Sランクパーティーをして逃げ帰るしかなかったようなダンジョンだ。

いくらレイが強くなって、エースが加入したからと言って無茶ができるとは思えない。

「どうせソロになればこんなところ立ち入りすらできないさ。地道にやるよ」

『キュオオオン！』

『グモォオオオ！』

「ありがとな」

一緒に頑張ってくれるようなので二匹にお礼をして帰路についた。

道中は強くなった二匹のおかげで全く苦戦することもなくすんなり抜けてこれる。

前にミノタウロス。後ろに一角狼。

エースに至っては荷物を持っているために文字通り片手間で現れる魔物を粉砕していたし、そもそもエースを見て挑んでくる魔物も少なかった。

俺はほとんど何もしないで歩いているだけなので楽なもんだった。

「このまま一回ギルドに行くか」

二匹を引き連れたままだと色々言われる可能性はあったが、これからも活動していくならいずれ慣れないといけない。

それに可視化の調整はできるしな。

一旦これまで通りレイだけ可視化しておいたが、ギルドに着いたら職員や他の冒険者には顔見せの意味も込めてエースの姿も見せるようにしよう。

「にしても生きてるって知ったらどんな反応されるかね」

『キュウン』

「大丈夫。気にしてないさ」

幼馴染のフェイドが俺を事実上殺そうとしたことはやはりショックだ。

それでも行かないといけない。

「仕返ししようとは思わないけど、驚かせるくらいは許されるよな？」

『キュオオオン！』

エースも報酬も、驚かせるには十分すぎる手土産だ。

どうやって報告するか頭を悩ませながらギルドへと歩みを進めた。

五話　決別

冒険者ギルドにたどり着いた瞬間、一斉に視線を集めることになった。

「これは……予想以上に注目されてるな」

その中でも一際強く感じるのは、受付嬢のニィナさんとフェイドたちのものだった。

ニィナさんがパタパタと入り口まで駆けつけてくれていた。

「ランドさん！　と……レイちゃん、ですか？　何か全然雰囲気が……」

猫系の獣人族のニィナさん。いつもはどちらかと言うとクールで淡々と仕事をこなす美人な人気受付嬢だが、今は慌てた表情を見せている。

後ろに控えていたレイの様子がおかしいのを見て一度は足を止めたが、敵意がないことがわかるとペタペタと俺の身体を触り出した。

「良かった……本物ですね……。雰囲気はガラッと変わりましたが……とにかく来てください。何があったかお聞きしないと」

ニィナさんに導かれるままギルド受付へと進んでいく。

その間もずっとこちらに視線を飛ばしていたフェイドたちが、目の前を通るタイミングでようやく声をかけてきた。

「な……？　お前……どうして生きて……」

「置いていかれた後ミノタウロスを五体倒して来たんだよ」

「そんな馬鹿な……」

愕然とするフェイドに俺は一言だけ告げた。

「レイは死んだぞ」

相棒の死。

さらに自分の生死を大きく揺さぶった相手に対面するとやはり、多少なりとも怒りは込み上げるものだった。

「おい、今は犬っころの話なんかどうでもいいだろうが！」

口を挟んできたロイグの言葉は許せるものではなかったが、わざわざここで自分から揉め事を起こすのだけは我慢した。

ロイグに何を言っても無駄だろう。無視することにした。

「ギルドには俺からことの顛末《てんまつ》を報告しておく」

「ま、待て！」

「ああそれから、パーティーは抜ける。そうしたかったみたいだしちょうどいいだろ？」

四人がどんな報告をしていたかわからないが、おそらく正直に話してはいないだろう。

俺の身動きを取れなくして、囮のための餌に使った、とは。

状況を鑑《かんが》みればフェイドたちにとっては苦渋の決断だったかもしれない。だがパーティーとして拙《つたな》い対応だったのは間違いない。

そもそも一人でも死人が出るようなダンジョンへは基本的に行くべきでないんだ。

行くにしても細心の注意を払い、最も死亡する確率の高い人間をいかにして守るか議論してから向かうものだった。

だから俺がギルドに何を伝えるか、気が気じゃないんだろう。

「待てランド！」

慌てて俺を止めようとするフェイドだが、無視してニィナさんに先に行くように促した。

「おいおいてめえよ。何調子に乗ってんだよ？」

するとロイグが立ち上がり俺の腕を掴んだ。

「雑魚の分際で偉そうにしてんじゃねえぞ！　てめえが役立たずのせいで俺らは……おい!?　何だこの力!?」

ロイグが驚いているが俺も原因がわからない。

と、またあの声が頭に響いた。

――ミノタウロスの能力吸収によりスキル「怪力」を取得しました
――ミノタウロスの能力吸収によりスキル「怪力」を取得しました
――ミノタウロスの能力吸収によりスキル「怪力」を取得しました
――ミノタウロスの能力吸収によりスキル「怪力」を取得しました
――取得スキル「怪力」がエクストラスキル「超怪力」に変化しました

おお……エクストラスキル!?

すごいものを取得したぞ。

スキル一つでも、ものによってはかなり優秀で重宝されるというのに、上位互換であるエクストラスキルだ。エクストラスキルを持っている人間はAランクを超えるような冒険者でも一握りしかいない。思わず胸が高鳴るのを感じた。

でもなんで取得までに時差があるんだ?

いやまあ助かったから良いけど……。

それにしても流石はエクストラスキルだけある。

パーティー内でも最も腕っぷしの強いロイグが摑んできてもびくともしない。

それどころか振り払おうと思えばいつでも振り払える状況になっていた。

思い通りにならなかったことが気に食わなかったロイグが叫ぶ。

「調子に乗るんじゃねぇぞてめぇえええ！」

「やめろロイグ」

フェイドが止めに入るがロイグは止まらなかった。

「てめえがしっかり荷物だけでも守ってりゃあんな苦戦なんざしなかったんだぞ!?　ぁあっ!?」

「苦戦……？」

「ちっ……」

ロイグの口から出たのは意外な言葉だった。あのダンジョンからの帰り道で、四人が苦戦することなど考えてもみなかったからだ。

そこに思わぬ横やりが入る。

「ロイグの前衛が下手なせいで、クエラが怪我をした」

「おい！　メイルてめえ！」

「クエラが？」

見ると確かにクエラのローブには血がこびりついていた。魔物の返り血かと思っていたが、そうではなかったらしい。

「あはは……もう大丈夫ですが……」

回復士は基本的に自分に術をかけるのを苦手としている。少なくともダンジョン内でそんな余裕はなかっただろう。

なるほど……。でもまさかそこまで追い込まれるとはな……。

「もう容態は良いなら、ローブの替えはちょうどあるぞ」

「え？」

エースに合図して宝箱から持ってきたローブを机に置いてもらった。

「今の……一体どうやって……」

宙に浮かぶ荷物を見て不思議そうにフェイドが尋ねたが、クエラがそれをかき消すように叫んだ。

「これ……！　私のローブと同じ……いやもっと性能がいいですよ!?」

「なっ!?　クエラが着ていたローブは教会の保有していた神器《じんぎ》の一つじゃないのか!?」

「てめえどこでこんなもん……」

俺が答える前にメイルが喋《しゃべ》ってくれた。

「ん……。フロアボスを倒した報酬」

「はぁっ!?　ミノタウロス五体だぞ!?」

ロイグが声を荒らげる。

「他のもあるから少し待ってくれ」

準備を始めるとロイグがにやりと笑った。

「ほー。たまには使えるところもあるじゃねえか。これだけのもんが他にもあるっていうなら時間

「全部置いてけよ？」

「そもそもいつも通りだろうが！　おめ

「全部……？」

「そりゃそうだろうが！　今回はてめえが雑魚のせいで命からがら逃げ帰る羽目になったんだぞ！　てめえみてえな使えねえやつにやるもんは何一つねえよ！　そもそもいつも通りだろうが！　おめえに報酬がいかねえのは」

「おい馬鹿！」

フェイドが止めるが後の祭りだった。

パーティーの報酬が行き渡っていないことをギルドの中で自ら公にしてしまったのだから。

「その話もランドさんから詳しく聞きましょう」

「はっ……！　おいてめえ、わかってんだろう……へ？」

ロイグがまた腕を掴もうとしたがエースにそれを止めさせた。

「なんだこれ……」

見えない何かに手を掴まれた形だからな。これ、戦闘で便利かもしれない。

マントの力でエースの姿を見せることにした。

「なっ……」

「ひっ……」

「……」

「これは……」

四人がそれぞれ声を漏らした。

「殺したミノタウロスが仲間になってくれたんだよ」

「なっ……お前はテイマーだったはずだろ⁉　死んだやつが従うなんて……」

「レイも死んだと言ったじゃないか」

「だが……」

信じられないものを見たフェイドはなぜか、焦ったように表情を歪ませている。

こちらから話をすすめることにしよう。

「報酬は山分け。それでいいな？」

改めてスタンスを確認したところ、今度はクエラが反対した。

ロイグとは対照的な理由でだが。

「待ってください。我々は逃げてきただけ。フロアボスを倒したのはランドさんだけですから
……」

「馬鹿野郎！　全部俺らのもんだろうがよ！」

「ロイグ、もう黙って」

「だぁっ！　くそ！　離しやがれ！」

暴れるロイグだがエースの腕を振り解《ほど》けない。どうしたものか困ってる様子だったのでエースに

離していいと伝える。

「ぐぇっ!?　くそってめぇ……!?」

突然離したせいでロイグが派手に尻餅をつく。すぐ俺に突っかかろうとしてきたがレイとエースがそれをさせなかった。

「くっ……なんだよ……やんのか!?　ぁあ!?」

もうロイグの相手は誰もしない。話を続けた。

「見つけた宝箱は五つ。俺はこのマントをもらった。他のもそれぞれ、多分メンバーに合わせたものだ」

「これは……」

剣、鎧、杖をそれぞれ出して並べる。

「どれもはや神器の領域……やはりあのダンジョンは五階層にして他のダンジョンの深奥に匹敵するようですね……」

受付嬢ニィナさんが分析していた。

「いいのですか?」

「何が?」

「これは誰がどう見てもランドさんの戦利品ですから」

「いや、これで手切れにしたい」

「なるほど……そういう話ならこの件はギルドが預かりましょう」

「預かる？」

ニィナさんはいくつか書類を確認して改めてこちらに向き直った。

「これ以外にこの方々にお渡しする予定のものはありますか？」

「ああ……えっと……」

あとはミノタウロスの死体と、もともと持たされていた荷物か。

荷物はエースに持たせていただけなのでその場に置く。

続けてミノタウロスを出すことにした。

「【死霊の棺】」

突如ギルドの床に四体のミノタウロスの死体が現れる。

「え!?」

「ミノタウロスは全部で五体だったから。これもきっちり山分けだ」

エースの骸以外を選んである。

「ほんとに……ミノタウロス……」

クエラが愕然とした表情で見つめていた。

「なるほど……大きく分けると、もともとの荷物、ミノタウロスの素材、そしてフロアボス報酬ですか」

「そうなりますね」

「一つ一つ整理しますが、まず荷物については先ほどパーティーの皆さんが権利を放棄しているんですよ」

「そうなのか」

聞けばあの場所に調査を出したり荷物の回収は難しいというのがギルドの判断であり、フェイドたちとしても調査も回収も希望しないと宣言したとのことだった。

「おいおいふざけんな！　戻ってきたなら話は別だろうが!?」

「続いてミノタウロスの死体ですが」

「無視してんじゃねえぞ!?」

ロイグをチラリと睨み付けるニィナさん。

「おぉ……なんだよ!?」

思わぬ反撃だったのかロイグがたじろいだの見てニィナさんは言葉を続けた。

「この死体については間違いなくランドさんに権利があります。倒したときにはすでにパーティーメンバーではなくソロの状態でしたし、パーティーがダメージを与えていた記録も形跡もありませんから」

「ああっ!?　ふざけんなよ!?」

「ロイグ……」

フェイドはうつむいたままロイグを嗜《たしな》めた。

ニィナさんは相手にしない。

「そして最後に、報酬についてですが。ソロでミノタウロスを倒しきったランドさんに権利が発生します」

「なるほど……」

「ランドさんがどうしてもというなら譲ることはできますが、ギルドからの提案としては、ランドさんに必要なものは回収していただき、他はギルドを挟んで取引にした方が良いです」

「取引……？」

「査定額はおおよそではありますが……ざっくりとした計算でもこれだけの価値があります」

ニィナさんが手元に持っていたメモのようなものをこちらに見せてくる。

見せられた数字はSランクパーティーとして活動してきた俺の、いや、パーティー全体の稼ぎで考えても五年分くらいになっていた。

凄まじいな……。

当然だがSランクパーティーの稼ぎは法外だ。神官や下級貴族はおろか、下手な上級貴族よりも稼いでいるものも多い。それが五年分。

誇張なしに国家予算相当と言える金額だった。

「こんなにか……？」

「はい。まずこれらの品は我々が責任を持ってお預かりします」

「はぁ……」

取り上げられた形になってロイグだけは喚《わめ》いていたが相変わらず誰にも相手にされることはない。

エースとレイに睨まれて騒ぐしかできなくなっているので無害だしな。うるさい以外は。

「必要であればパーティーメンバーの皆さんは買取という形でギルドを通じて回収していただきます」

「待て。それならランドと俺たちが直接やりとりした方が良いんじゃないのか？」

話を割り込ませたフェイドへの回答はシンプルなものだった。

「払えますか？」

「は？」

面くらった様子のフェイドに畳み掛けるようにニィナさんの声が飛んだ。

「あなた方のパーティーでの稼ぎの総額のおよそ五年分です。今それだけの貯蓄があるとは思えませんが……」

「ふっざけんなよ!?　なんで俺たちが払わなきゃいけねえんだ!?」

「払えないな……」

ロイグの言葉はもはやフェイドにも無視されていた。

「ギルドを介せば金銭は後からでも構いませんが、ランドさんと直接やる場合は即金が必要です」

「わかった」

「だぁっ！　なんで引き下がるんだよフェイド!?　目の前にこんなもんが……」

未だ興奮冷めやらぬロイグだが、ニィナさんは淡々と言葉を続けた。

「というわけで、これらの品は一度ギルド預かりとします。ランドさん、細かい金額の話は後ほど」

「ああ……」

「ちなみに取得の優先権もランドさんにあります。もし剣が必要ならランドさんがお持ちください。鎧や杖やローブも、もちろんですが」

「いや、いいよ」

ネクロマンサーの標準の装備がわからないが、少なくともここにあるものでしっくりくるものはなかった。

それにやっぱり……。

「多分さ、パーティーメンバーに合わせてるせいで、あんまいい気がしないんだよ」

「あー……」

殺そうとした相手に合わせた装備を使いたいとも、持っていたいとも思えないわけだ。

「かしこまりました」

「待ってください！」

話がまとまろうかというところで、クエラが叫んだ。

「ランドさん！　パーティーを抜けるなら私も連れていってください！」

「は……？」

突然の宣言だった。

クエラの言葉にフェイドはもう声も出なくなっている。

そこにメイルが追い討ちをかけた。

「ん……。ロイグは使えない。それにさっきまでの発言、もうギルドも目を瞑らない」

「はぁ!?　何言ってやがる！」

ロイグが暴れるがメイルは止まらなかった。

「もともと騎士団で問題を起こして冒険者やってるような状態。こっちで問題があったらもう、Sランクパーティーになんていられないはず」

淡々と告げるメイル。

「フェイドとランド、今はもうランドの方がいい」

「くっ……」

何も言えずうつむくフェイド。

こちらをじっと見つめてそう告げるメイルは、何も考えずに見れば小動物のようで可愛らしい見た目をしていた。

だが今その見た目だけの可愛らしさは、俺にはもう響かない。

クエラもメイルも、よくもまあこの状況でこんなことを言い出せたなとある意味感心した。

そもそも俺を犠牲にする案は、メイルが言い出したものだったはずだ。それも、はっきりと俺を殺す意思を持って提案した。

天才とうたわれた才能を持っているものの、コミュニケーションに難があるという魔術師のお決まりは押さえてしまっているらしかった。

「勝手なことを言うな。俺はもうお前らとパーティーを組むつもりはない」

はっきり告げた。

考えてみるとこれまでこいつらがまとまってこられたのは、フェイドの持つ次期勇者候補という肩書によるところが大きい気がする。

すでに元王国の盾として実績のあるロイグ。

次期賢者候補のメイル。

そしてすでに指名の上がる聖女候補、クエラ。

これらをまとめられるのは国内で最も強く、最も名誉ある勇者以外ありえなかったんだろう。

一見チームワークがあるように見えていたが、それぞれのパフォーマンスが高いおかげでかろうじて成り立っていただけということが今になるとよくわかった。

ニィナさんの反応を見ていればロイグが何かしらの処分を受けるのはもう、間違いない。

そしてパーティーの責任は大部分、リーダーに課される。

そうなればもう、フェイドの勇者候補という話も一度なかったことになるだろう。

『キュウン』

「そうだな……」

呆れたように、憐れむように声を出すレイを撫でる。クエラとメイルの言動はある意味、ロイグ以上に度し難《どがた》いものだった。

よく言えば判断が早いと言えるんだが……ここにきて当たり前のように俺に声をかけられる神経を疑ってしまう。もう二人の中で俺の立ち位置が固定されていることがよくわかる発言とも言えた。

「パーティーを組んでやるのだからありがたく思え」

言外にそんな思いを受け取らざるを得なかった。

「私もだめ、ですか？」

「もちろん」

クエラに即答する。

クエラもあのとき、俺を殺すことに同意したはずだった。

ましてやこんな形で簡単に仲間を見捨てることがわかって快く引き受けるはずもない。

それにしてもまさか目の前でパーティーが崩壊するとは思わなかったな……。

「そう……ですか……」

二人が渋々ながらも引き下がったところでロイグが再び吠えた。

「てめえふざけんなよ!?　なんでこんなことできるなら先にやっておかねえんだ！　てめえが報酬欲しさにもったいぶったせいでこっちは怪我人まで出したんだぞ！」

この言葉は流石に看過《かんか》できなかった。

「お前らのせいでレイが死んだんだ。その結果、たまたまこうなっただけだ」

「ふざけんな！　んな意味のわかんねえことが通ると――」

なおも続けるロイグを黙らせたのはレイだった。

『キュウアアアアアアアアアアア』

「うおっ!?　な……なんだよ……やろうってのか！　くそが！　ああっ!?」

レイの咆哮はロイグの身体をビリビリと震わせる。

ミノタウロス五体を圧倒する存在となったレイ。その本気の咆哮が響き渡ったのだ。

ギルドは軽い騒ぎになっていた。

「ひっ……」

「おいおい……ランドが連れてた犬だろうあれ……あんなに強かったのか!?」

「そりゃそうだろ！　ランドはあいつらに交ざってるからああ見えてただけだ！　Sランクパーティーだぞ!?」

「にしたってあれ……ロイグが動かなくなってんぞ!?」

どうやら咆哮だけでも感じとる部分があったらしい。

そしてみんなの注目はレイからロイグへと移った。

「ロイグが吠えられただけで手も足も出てねえじゃねえか」

「ちょっとびびったがまぁ、あいつ相手ならな……」

「むしろちょっといいザマだ」

「おいおい、聞こえんぞ」

「いいだろもう。どうせあいつに居場所はねえよ」

当然ロイグの耳にも声は届いただろう。

顔を真っ赤にさせていたが、それでもレイに睨まれて動けなくなっていた。

『…………』

「ぐっ……」

なけなしの気力で威嚇するロイグを無言の圧力で制するレイ。

精霊体になったレイはもはやこれまでとは別物と言って良い卓越した力を持つ。

その圧を直接受けているんだ。身体を震わせて黙り込むしかなくなったのもまぁ、わかるといえばわかる状況だった。

「だがランド……ロイグの今の発言は一理あるぞ」

「ん？」

フェイドは半ばヤケクソになっているような、投げやりな声で呼びかけてくる。

「こんなことができるのに黙っていたなら俺もギルドへ訴えかけることもできる」

「訴えかける……？」

「そうだ。しっかりと話をしなかったせいでパーティーを危険に晒《さら》したんだ。当然……」

「フェイド……自分で何を言ってるかわかってるか？」

「何を……あ……」

相当気が動転しているようだった。

「しっかり話をしなかったせいでパーティーを危険に晒した」

このセリフはそのまま、リーダーであるフェイドにのしかかるものだった。

「なるほど……一度ランドさんの話を聞いた上で処分を決めましょう」

「待て！　俺たちの話はどうするんだ!?」

「あなた方はランドさんが来る前に十分話をしてくれたと思います。自ら望んでランドさんが犠牲になった。自分たちは止めたが聞かなかった。普段からランドさんは様々な仕事を率先してこなしてくれていた。その分、報酬も多めにわたしていた。こんな形だが死んだランドについてはギルドをあげて語り継いで欲しい。以上でしょうか」

「待──」

「もし……」

制止しようとしたフェイドをニィナが逆に制して言葉を続けた。

「これらの発言が虚偽によるものだと今証言するのなら、ギルドとしても虚偽の報告を上げる冒険者としてリストアップが必要になります」

「な……」

事実上死刑宣告だったかもしれない。

ギルドへの虚偽申告は重罪だ。ギルドでの活動ができなくなる、すなわちSランクとして築き上げてきた地位も何もかもを一瞬で失うことになる。

それどころか、場合によってはギルドが懸賞金をかけて指名手配を行うという事態にもなりかねない。

今撤回しても、のちのち俺の話を受けてギルドから確認されても、いずれにしてもフェイドたちの評価はかなり危ういものになったと言える。

「あなた方の主張、この後のランドさんの主張、その後、状況を見て総合的な判断を下します。もし異議があればそれ以降にしましょう」

うつむくフェイドはそれっきり顔をあげられなくなっていた。

「では、行きましょう」

ようやく誰も止める人物がいなくなったところで、ニィナさんについてギルドカウンターの奥、応接間へと入っていった。

六話　報告

別室に入り、改めてことの顛末を話した。

いくつか質問を受けながらだが、おおよそこれまでの扱いと今回フロアボスの間で囮にされた経緯を話しきったところで、ニィナさんがため息をつきながらこう漏らした。

「それにしても、バカなことをしましたね……彼らは」

「そうですね」

「いえ、この件ではなく、ランドさんを手放したこと自体が、ですよ」

「え？」

ニィナさんの言葉は想定外な視点だった。

「確かにレイが死んだことでなぜか強くなりましたが……」

「いえ、テイマーだったランドさんのことを言っていますよ」

最初は冗談かと思ったが割と真剣な目をして告げられた。ニィナさん、基本的にクールだからわかりにくいんだけどな……。

「外から、とりわけギルドから見ていれば、あのパーティーを支えていたのは間違いなくランドさんだとわかりますよ」

「まさか……」

そんなことあるのだろうか。

「テイマーのときの俺はほとんど役に立たないから荷物持ちをさせられてたんですよ……?」

「逆です。荷物持ちをしながらパーティーに足りない要素を補っていたことがまさに、テイマーというもう一人の相棒を使えるからこそできた裏技なんです。こうした補助スキル持ちの方でなおかつ、Aランク以上のクエストに同行して自分の身を守れるというのはかなり貴重なんですよ?」

「そうなんですか……?」

いまいちピンとこないなと思っているとニィナさんが言葉を続けた。

「でなければ運び屋なんて職種はいなくなります」

ああ……。

運び屋は文字通り何かを運ぶ仕事を指す。

高度な技術を持っている運び屋は人間を移動させることもできるが、基本的にはダンジョン内へものを運ぶ、いわゆる荷物持ちを担当する職種だった。

「ランドさんは本来パーティーメンバーが分担して行う荷物持ちや索敵、警戒その他のほとんどを使い魔を使役することで一人で引き受けていましたから、そうでなければ彼らはまだSランクにはなっていませんよ。私たちが止めていました」

「そこまで……？」

ランクを決めるのはもちろんギルドだ。

特にSランクともなれば国家の顔とも言える看板。慎重に判断するだろうな。

実際俺たちもパーティーとしてSランクの認定は受けたものの、それぞれのパーティーメンバーがSランクとして認定されているわけではなかった。

「ロイグさんはちょこちょこ問題行動を起こしていましたので気にとめる余裕はなかったですが、もしフェイドさんまでランドさんを外すように動き始めたときにはこの話をするつもりでした。ですが……まさかこんなことになるとは……」

ニィナさんが頭を抱えていた。

「一応確認しますが、クエラさんとメイルさんだけ引き取ってランドさんがパーティーリーダーをするのは……」

「ないです」

「ですよね……」

あの様子を見ていたニィナさんはあっさり引き下がった。

ただまあ、あの様子を見ていたニィナさんがダメ元で確認したくなる程度には切実な問題であることを意識させられた。

「一応、そうすればギルドとしてもSランク認定パーティーを失うことなく、メンバー交代だけで処理できたのですが……」

「申し訳ないけど……」

「いえ。当然の判断ですしランドさんが気にすることではありません……ありませんが……はぁ……」

かわいそうになるくらいの深いため息だった。

「Sランクパーティーはやっぱりギルドに欲しいんですね」

「はい。それはもう……王都から離れているとはいえここは辺境伯直下の土地ですし、国防を考えてもこの地にSランク冒険者が常駐してくれていたのはありがたかったんです」

ソロでSランク冒険者をやっているようなレベルになると移動速度も普通ではなくなるため、拠点は国内だが大陸を横断して活動しているという人物もざらにいるそうだ。

その点パーティー単位ということであれば拠点にいる頻度も上がり、有事の際にギルドとしても安心らしい。

「ランドさん、我々がメンバーを見繕《みつくろ》いますからSランクパーティーを……」

「俺の力だけじゃ厳しいだろうし、俺自身もソロでやってみたいから……」

「そうですか……残念です」

心底残念そうだった。

期待してくれるのは嬉しいが俺がSランクパーティーのリーダーなんて荷が重いなんてもんじゃない。

お荷物くらいがちょうど良かったんだなと思いかけるほどだ。

「ランドさんはだいぶ不当な扱いを受けてきたと思うので……おそらくですがBランクの上位の方と組めれば十分Sランクパーティーとして活動できると思いますよ」

「それは言いすぎじゃないか……?」

俺は冒険者を始めたときからずっとあのパーティーだ。

自分のソロでの実力はわからないというのが実態だった。

だが少なくともBランク同士でパーティーを組んでやっていけるとは思えない。なんだかんだいってもあのメンバーはそれぞれが優秀だったんだ。

「ランドさんはパーティーでこそ輝く存在だと思います。それをしっかり理解してくれる仲間と一緒なら」

「なるほど……」

まあ、そう言ってもらえるのは嬉しいし少し考えておくか。

テイマーのときにも思っていたんだが、もしかすると使い魔たちだけでパーティーとしての活動ができるんじゃないかと思う部分もあるしな。

そんな俺の考えを知ってか知らずか、ニィナさんが上目遣いでこう尋ねてきた。

「どうしても紹介したい場合は、受けてくれますか？」

「まあ……」

そこまで言われれば断れない。

「ふふん。ランドさんにこの子とならー　という子が紹介できるようにがんばりますね」

「いやいや。しばらくはソロでやらしてくれていいから……」

「例えばですが、ネクロマンスについて研究している人とか」

気になる。

「ドラゴンの扱いに精通していてランドさんがドラゴンテイマーになるように協力してくれる方とか」

とても気になる。

「とにかく！　テイマー、ネクロマンサーに関する情報は集めておきますね」

「えっと……ありがとうございます」

どうも近いうちにパーティーメンバー候補を紹介されることになりそうな気配を感じながら一旦この話は終えることになった。


次の話題はソロで活動していくに当たっての確認だ。

「さてと。これからのことですが……ランドさんはソロを希望ということなのであのパーティーからは完全脱退。そしてランドさんは冒険者を始めたときからパーティーを組んでいたため、ソロとしては規定に合わせると、BランクからDランクの間でスタートすることになります」

「間……？　Cランクだと思ってたけど違うのか」

「はい。Cランクに固定されず、これから先の数日間、動きや現状の能力を鑑みて正式なランクを決定することになります。もちろん、数日のうちに実績を重ねればいきなりAランクやSランクも可能ですが……たとえばドラゴンを巣ごと殲滅《せんめつ》してきたりすれば……」

無理だ。

だがそうか。ランクが低いと受けられる依頼の幅も狭くなる。そういう意味ではありがたい制度だった。

「少なくともこれからしばらくはBランク冒険者が受けられる依頼までは受けられますよ」

「そうなるとAランク向けまで可能、ってことか……」

基本的には実際のランクの一つ上の推奨ランクまでが、ギルドで受けられる上限の難易度になる。ただいきなり一人でAランク向けというのは勇気が出なかった。

「どうするかな……」

「ミノタウロスは危険度Aの最上位ですし、見たところレイちゃんもかなり強くなっていますよね？」

「ああ……ミノタウロス五体を完封したからな」

「え……？」

　ニィナさんが持っていた書類を落とした。

「待ってください！　ミノタウロスの死体が五体あったのでまさかと思っていましたが、本当に……？」

「それ以外には無理だよな？」

　むしろどうやって倒してきたと思っていたんだろうか。

　というかさっき酒場の方でも言ったつもりだったんだけど……どうやら聞き流されていたらしい。

「まあ……えっと……でもそうなると今のランドさん、単体戦力でSランク相当ですね……」

　そうなるのだろうか……？

　だがこの辺りはテイマーの難しいところで、強いのはレイとエースであって俺ではないわけだ。

「ロイグさんに摑みかかられても動じませんでしたし、ランドさんの戦闘能力は一度測定したいですね」

「測定か……ギルドに入るときみたいな感じか？」

　ギルドに入るときにおおよそのランクを測る試験のようなものがあったのを思い出した。

　懐かしい。まだあの頃は一通りのことがフェイドよりできていて、俺がいきなりCランク認定されたことを悔しがっていた気がする。今となってはもう随分差がひらいてしまっているが……。

「基本的にはあの試験と同様ですが、Sランクに単体で認めるためには、Sランク相当の人物が試験官となる必要があります」

「なるほど……」

「そしてSランク相当となると、まあなんというかですね……皆さん独特ですので……」

言葉を濁しているがまあ、Sランクなんて基本的には化け物揃いだ。ギルドもコントロールするのにさぞ苦労していることが窺えた。

いや別にSランクに認めてもらう必要はないんだけどな……？

「その中でも比較的普通の方がちょうど、近くに来る予定があります」

「普通の……いやSランクの時点で普通じゃないんだけどな……」

「ふふ。まあまあ。で、この方なら普通に手合わせをした上で合否を判定してくださいますので」

「え……まさか……」

「はい。ギルドとしては優秀な戦力を放置できませんから、一度戦ってみてください！」

思いがけない事態に陥ってしまった。

七話　Sランク認定

驚いたことに次の日には試験官になるSランク冒険者が現れるということで、すぐにギルドの訓練施設へ呼ばれた。

着いたときにはすでに待ち人がいた。

「へえ。あんたがSランク候補ってわけね」

待っていたのは赤髪の美女。

すらっとした細身の身体に長剣を背負い、挑戦的で切れ長なツリ目、透き通るような色白の肌。

少し長い耳はおそらく、ハーフエルフゆえの特徴だろう。

これだけ特徴が揃えば俺でもわかる。

「剣聖……ルミナス＝リーベスト」

「ぴんぽーん！　えへへー。私も有名人になっちゃったもんだねえ！」

千年に一度と言われる【剣聖】のスキルを授かり、最年少でSランクに単体認定された生きる伝説。

暴風のルミナス。

「さてと、とっととやろっか？　お互い忙しいでしょ？」

「ああ……Ｓランクとなれば忙しいか」

俺はともかく相手はそうだろう。

Ｓランク冒険者の時間は高い。

「うんうん。さてと」

軽く準備運動を始めるルミナス。

気楽にしていられたのはこの瞬間までだった。

「よし！」

――ブワッ
ルミナスが準備運動を終え、その気になった途端、周囲に風が舞い上がった。

全身が輝いたようにすら見える。目の前のＳランク冒険者の放つオーラに圧倒され、思わず後ずさりをする。

俺も一応Ｓランクパーティーとして活動してきたはずだというのに、その圧倒的な差を肌で感じとっていた。

「なんだこれ……」

レイが支えてくれたおかげでなんとか対峙《たいじ》していられるが、まるでレベルが違うことを実感させられる。

「構えて？」

ルミナスが姿勢を低くして剣に手をかけた。

「――っ!?」

その瞬間、再び辺りの空気が一変した。あそこからまだギアを上げてきたわけだ。

全身が身震いするほどのオーラ。

俺より小さかったはずの存在が、何倍にも膨れ上がって見えるようだった。

「レイ！　エース！　頼むぞ！」

『キュオオオオン！』

『グモォオオオオ！』

頼れる二匹の咆哮がなんとかルミナスの放つオーラをかき消してくれる。

良かった。あのままじゃ身動きすら取れなかった。

「へえ。面白いね。これがネクロマンサーってやつか……じゃ、行くよ？」

ルミナスの姿が一瞬にしてかき消えたように見えた。

次の瞬間、レイが吹き飛ばされていた。

「はっ？」

『グモォオオオ！』

レイが吹き飛ばされた方向にエースが飛び込み、勢いそのままに斧を振り下ろした。

「遅いよ？」

『グモォオオオ!?』

エースの斧は土煙だけになったルミナスの残像に吸い込まれる。

もうそこにルミナスはいなかった。

『キュウオオオオオオオオオオオン』

だがルミナスも反撃に転じる余裕はないようだった。

すぐにレイが攻撃に移る。

——カキン

「へえ……どっちもA級は余裕で超えてる……ただのミノタウロスより強い」

「だそうだぞ？　良かったなエース」

「もちろん君もね」

『キュウオオオオオオン』

――ガキン！


驚いたことに会話しながらも二匹の攻撃をいなし続けるルミナス。

その動きにはまだまだ余裕があるようだった。

いや実際余裕があるんだろう。でなければレイもエースもとっくに殺されているはずだ。いや霊体のあいつらに死の概念があるかはいまいちわからないが……。

ただとにかく、致命傷にならない程度であしらえるくらいには、力量差があるということは確実だった。


「ふぅん。たしかにこれはSランクに推薦が上がるのもわかるわね」

ふっと表情を和《やわ》らげるルミナス。

「でも、だからこそもうちょっと見てみたいね」

「え……？」

ルミナスの動きのスピードが一段階上がった気がした。

レイとエースが一瞬戸惑って動きが鈍る。


――来る……！

直感がそう告げていた。

「最後は君だ！」

予想通り。

だが予想以上のスピードで、【剣聖】の一撃が飛び込んできた。

「くっ!?」


――カキン！


なんとか準備が間に合いルミナスの剣を受け止めることに成功する。

ギリギリだった……死ぬかと思った……。

「へえ。驚いた。ちゃんと反応するんだ？」

「俺が一番驚いてるけどな！」

――能力吸収により得られたステータスによりエクストラスキル「超反応」を取得しました
――能力吸収により得られたステータスによりエクストラスキル「超感覚」を取得しました

またあの声が響いた。

こないだの「超怪力」と合わせてようやく、反応もできるようになったということだろう。

相変わらず時間差で……いや考えようによっては必要に応じてスキルが身についていっている。

原理はわからないが助かっているので良しとして、詳しいことは今後じっくり考えるとしよう。

にしてもエクストラスキルがこうもポンポン取得できるとは……こうなると夢を見てしまいそうになるな……これから活躍する自分を。

いやむしろ、そのくらいでなければエクストラスキルを三つも手にした今、スキルに申し訳ないような気持ちになっていた。

「うん。合格ね」

それだけ言うと剣を収めるルミナス。

「剣聖ルミナスの名のもとに、いつSランクを名乗ってもいい許可を出すわ」

「ありがとう……でも全然敵《かな》う気がしないな」

「そりゃそうよ。いきなり負けたんじゃ私の名に傷がつくわ。でもそうね……なんか君は、いつか私をあっさり追い抜きそうな予感がしちゃうね」

お世辞かおだてか、そんなことを言ってもらった。

たった一合《いちごう》だったが、それでも剣聖の攻撃を受けられたのは嬉しい思い出かもしれない。

「おめでとうございます！」

「いたんだな……ニィナさん」

いつのまにか現れたニィナさんに祝福された。

「単体Sランクですよ！　すごい快挙です！」

「そうなのか……いやそうだよな」

「はい！　そしてやっぱり使い魔たちだけでなく、ランドさん自身も強くなっていますね」

「みたいだな」

現段階でわかったのは、あの頭に響く声は俺に必要なときに現れるものだということ。

そしてテイムやネクロマンスを使っていけば、相手の能力をステータスやスキルとして引き継ぐことができる。

いや今のところは、スキルやステータスの元となるポイントのようなものが得られるイメージだろうか？

それが必要なタイミングであぁして現れてくれるということだろう。

「お互いSランクソロということですし、どうでしょう？　パーティーを組めばすぐにでも勇者認定されそうですが」

「んー。面白かったけど、私はもうちょいソロを楽しみたいかな」

「俺もだ」

「そうですか……残念です」

「でもま、君が声かけてくれれば考えちゃうかもね」

ドキッとするセリフだった。

二つ名持ちのSランク冒険者、生きる伝説のお誘いだ。それもめちゃくちゃ美人の。

一瞬何も考えずに受けてしまいそうになる。

いやでも、まずは自分のことを、そもそものネクロマンサーという職種のこと、いつ発動するかわからないあの声のことを知らないといけない。

「君の活躍を祈ってるよ」

ニカッと笑って手を差し出す剣聖と握手を交わした。

「じゃ、私はもういいかな？」

「はい。また何かあればお願いします」

「はーい！　この辺の竜と遊んでくるから、何か持ってくるのを楽しみにしてて」

それだけ言い残すとルミナスは嵐のように消えていった。

暴風の名をそのまま体現したような美女だった。

◇◇◇

「さて、Sランク冒険者として認められたわけですが……」

「名乗らないぞ？　まだ」

ソロになっていきなりSランクなんて目立ちすぎる。

もう少し落ち着いて色々考える時間が欲しかった。

「そうだろうと思っていましたので大丈夫です。しばらくはギルドとしても観察期間ですしね」

動じることなくニィナさんは続ける。

「まずネクロマンサーの関連情報に関してですが……現在までにギルドにネクロマンサーとして登録された冒険者の数は、ゼロでした」

「ゼロ!?」

「はい。過去のデータを全て洗いましたが、ネクロマンサーという名は見当たりませんでした」

「そんなに珍しいものなのか……?」

見知らぬスキルや職種名が現れることはよくあることだが、その数がゼロになることは想定していなかった。

「珍しい、というより、ギルドはこれをユニーク職種と認定しました」

「ユニーク……」

ユニークは文字通り、それだけの固有の力として認識されているもののことだ。

例を挙げるなら、一番有名なものは魔王と勇者だろう。

他には賢者や聖女とか……。あとルミナスの剣聖もその一つだ。

その時代に一人しかいないレベルのレアな職種は、ユニーク職種と呼ばれているというわけだ。

だがそれでも、全く過去に例がないというのは想定していなかった。

「ユニークは何かしら特殊な条件の上で成り立つ存在。勇者のように形骸化して複数存在する任命式のものもありますが……各種属のキングや、龍種、固有精霊種なども職種とは異なりますが同じですからね」

「なるほど……こうして並べるとやっぱり……」

「はい。それぞれユニークの名を冠するものは全て、その能力も抜群に優れています」

「いいのか俺をそこに並べて」

龍なんてもう、神話の世界の種族だ。

勇者や魔王はもちろん、賢者、剣聖、聖女もそうだ。その並びにネクロマンサー、というより俺がいて良いのだろうか？

「ランドさんはSランクパーティーに順調に進んでいったので実感がないかもしれませんが、本来Sランクというのはもはや人知の及ばない超級の存在ですからね？」

「まあ俺はただの荷物持ちだったからなぁ……」

「ただの荷物持ちにギルドもSランクは出さないのですが……まあいいです。とにかく、今や単体戦力でSランクを名乗れるのですから、十分に並ぶのですよ。これらの強大な存在と」

実感がない……。

だがまあギルドの決定にいちいち何か言っても仕方ないな。

「ユニーク……まあ、名に恥じないように頑張るか」

「ギルドとしても期待しています」

ニィナさんはにこやかに言うが、なかなか荷の重い話ではある。

まして一般的に外れ職種と揶揄《やゆ》されがちなテイマーからの昇進だ。

「頑張るか……」

改めて呟いた俺をニィナさんはニコニコした顔で眺めていた。

八話　特別依頼

「さて、今回ネクロマンサーに関連する情報を集めていましたが、そんな状況ですのでなかなか有益なものは集められず……」

仕方ないだろう。そもそも前例すらないのだから。

「気にしないでくれ」

俺の言葉を受けて、なぜかニィナさんはニヤッと笑った。

「ですが、ランドさんの行動指針になりそうな情報は用意しました」

「おおっ、それはありがたい」

流石ニィナさんだ。昨日の今日だというのにすごい。

「先ほどのユニーク種族の話につながりますが、ヴァンパイアの里はご存知ですか？」

「ヴァンパイア……名前はわかるけど……里か」

――ヴァンパイア

アンデッド系の頂点に君臨する魔物であり、ヴァンパイアの中でも上位の存在は見た目上人間と区別できないほど社会に溶け込むことができると言われたことから、龍と並ぶ都市伝説にもなった存在だ。

「里っていうと……ヴァンパイア狩りで……？」

「そうですね」

都市伝説となったのはヴァンパイアの中でも上位の存在のみ。ほとんどの場合、敵性の魔物として討伐対象となった歴史を持つ。

その動きはヴァンパイアハンターという職業が現れるほどまで活発化していた。

人をはじめとした動物の血が食料になるため、ほとんどが人を襲うものとされていたことが原因だ。

だが今はもう、理性あるヴァンパイアとそうでないものは区別し、前者は亜人《あじん》として迎え入れられている。

もっともこれは表向きの話であり、実際にはヴァンパイアが現れたとなればそれなりの騒ぎにはなるだろう。

数年前までゴブリンと同じように積極的に狩って良い魔物だった相手。さらにヴァンパイア狩りの影響もあり極端に個体が少ないため、そもそも出会うことが少ない。そんな状況で敵性でないヴァンパイアの発見は一つのニュースとして取り上げられることは間違いなかった。

「里、と言ってももはやほとんど滅んだ廃村ではありますが、今も多くのアンデッド系モンスターの巣窟《そうくつ》になっています」

「なるほど……」

里を作るほどの上位のヴァンパイアなどもう何十年も現れていないはずだ。

理性的で実際に亜人として活動しているヴァンパイアなど文献で見たことがあるかどうかというレベル。

今いるのはほとんどがただ人を襲う魔物。そしてその数も少ない。

廃村になるのも仕方ないだろう。

「ネクロマンサーの能力を考えると、そこに何かヒントがあると思います」

アンデッド系に関しては確かに、ネクロマンサーと関連が深いようには感じる。

そしてその頂点に君臨するヴァンパイアに関する情報はきっかけとしては最適かもしれなかった。

「ありがたい情報だ」

それだけでもニィナさん、そしてギルドへの感謝は絶えないというのに、次の一言は予想を超えたものだった。

「ギルドではランドさんに、特別クエストとして調査依頼を出すことにしました」

「特別クエスト!?」

特別クエストはBランク以上専用の、いわば裏ルートの依頼だ。

ギルドが直々の依頼を出すのはよほど目をかけた冒険者だけと言われ、これを受けた冒険者は出世コースに乗ったと言われている。

いや待て、出世も何ももうこれ以上いくところがないな？

「今更ランドさんにとっては大したことではないですよ」

「いやいや……」

「大げさな話ではないですよ。というより、ユニーク職種に登録されたことのほうが圧倒的に大したことです」

「あー……」

確かにフェイドの勇者の称号も、クエラの聖女の称号も、まだ確定ではなかったことを考えると本当になんというか、現実味がない。

そんな中で出てきた特別クエストは、現実味を帯びた感動的な出来事として俺のテンションを上げたのかもしれなかった。

「率直に言えば、ギルドとしてはなるべくランドさんを手元に置いておきたいという狙いもあります」

「なるほど……」

ストレートに言われて悪い気はしない。というかむしろ、そう言ってくれるなら頑張ろうと思えるくらいだった。

「じゃあ特別クエストの内容は……」

「はい。ヴァンパイアの里の調査依頼になります。現地は強力なアンデッドの巣窟となっており、並の冒険者ではたどり着くことすら困難な状況。その中で、ヴァンパイアの王、始祖の館と思われるものが、ほとんど遺跡と化して残っています」

「始祖の館……」

「はい。今いるヴァンパイアたちの生みの親であり、最強のアンデッド。もしまだ現存しており、それが人間に牙をむくなら、我々も準備が必要です」

「なるほど……」

最強種と呼ばれる存在。

龍種や鬼神、獣人の中のテトラ族などが挙げられるが、アンデッドの最強種がヴァンパイアだ。

そしてその始祖。

ヴァンパイアたちを生み出し、自らも幻の存在として……いやもはや歴史に名を刻む神話級の怪物として君臨するのが、始祖と呼ばれる始まりのヴァンパイアだった。

「もっとも、始祖の館というのは通称でしかなく、実態は全くわからないんですけどね……」

ニィナさんが補足する。

そりゃそうだろう。そんなすごいものだとわかっているなら、俺じゃなくもっとしっかりした人たちが正式に調査するはずだ。

「わかりました。調査してきます」

もちろんギルドとしてもそんな存在がいるとは考えていないだろう。

要するにこれは俺に対する特別クエストというボーナスのようなものであり、諸々の対応に迫られている間のギルドにとっての時間稼ぎだろう。

「協力に感謝します」

ニィナさんにはお世話になっていることだし、しっかり乗ることにした。

俺も確かめたいことも多いし、アンデッドの巣窟はそれにぴったりだろう。

お互いメリットのある話だしな。

九話　ヴァンパイアの里

「ここか……」

『キュオオオン』

長旅の疲れを労《いたわ》るように鳴いてすり寄ってきたレイを撫でて改めて振り返る。

ギルドに渡された地図を頼りに数日、レイとエースとともに歩いてたどり着いたのは、見るからにアンデッドが潜んでいそうな荒廃した村だった。

不思議と周囲の空気も黒く濁って見えるほどだ。

『グモォオオオ！』

「なんか感じるのか？　一応同じアンデッドとして」

『キュオオオオン！』

「全然何言ってるかわからないな」

この道中でいくつかわかったことがあった。

まず一つはレイとエースとのコミュニケーションについて。

テイマーのときと同様、ある程度相手の意思はこちらに届く。戦闘時の連携やこちらからの頼み事などはほとんど問題なく理解してもらえる様子だった。

そして基本的にはこいつらの思いは俺にも届く。喜怒哀楽の簡単な感情表現が主だが、こちらの知らないことでも意思を持って伝えてくればわかることがあった。例えば彼らの死体を持って行って欲しい場所があるという話などだ。

この精度はテイマーのときと比べてかなり向上しているように思える。

ただ一方で、こうして意味もなく鳴いているときや相手からこちらに伝える意思が弱いときはよくわからなくなることもなんとなくわかってきたところだった。

「で、この周囲にお前らが行って欲しい場所があるんだったな」

『キュォォオオオン！』

『グモォォオオオオ！』

こういうのはよくわかる。

というよりもうほとんど引っ張られるように連れて行かれていた。テイマーやネクロマンサーじゃなくてもわかるやつだった。

「おいおい止まれ止まれ、なんかいるぞ!?」

『グモォォオオオ！』

――バコォオオン

チラッと見えた骸骨やゾンビが二匹に問答無用で吹き飛ばされていた。

一応手合わせとこ……。

――ネクロマンスに成功しました
――能力吸収によりボーンソルジャーのスキル「初級剣術」を取得しました
――能力吸収によりボーンソルジャーのスキル「初級槍術」を取得しました
――能力吸収によりボーンソルジャーのスキル「状態異常耐性」を取得しました
――能力吸収によりゾンビのスキル「体力増強」を取得しました
――能力吸収によりゾンビのスキル「食事回復」を取得しました

「えええ……!?」

手合わせただけだぞ!?

なんでだ!?

『キュオオオン』

レイが叫ぶ。

今回は意思を持った叫びだったらしい。

「ネクロマンスは死んでりゃみんな使えるって……そんなことあるのか？」

『グモォオオオ』

エースが補足する。

「ああ……確かにそう言われるとそうだな……」

殺されたばかりだというのにすぐに付き従ったエースを見れば確かに、テイムとは異なる基準があることは確かだった。

「にしても、死んでるのが全部ネクロマンスできるってのは……」

『キュオオオン』

「ああ、もし本当にできるなら試す価値はあるな」

レイが提案してきたのはテイマーの頃の常套手段を活かせというものだ。

俺は周辺一帯、姿が見えていない生き物でも一時的にテイムを行うことができるスキルを持っていた。

これをネクロマンスでもやろうという話だった。

テイムのときに使っていた特殊なスキル。

――広域契約

本来個体と一対一で交わす契約《テイム》を、こちらが指定した特定の範囲に向けて一斉に行うことができるスキルだ。

例えば上空の鳥の群れ、地上を駆ける狼の群れ、情報を与えてくれる虫型の魔獣たち……。

これらをテイムするときには特にお世話になった便利スキルだった。

そして経験上、こう願えば俺のスキルにも反映されるはずだ。


――ネクロマンスの範囲を広域化することに成功しました

やっぱり。

思い浮かべればスキルの強化も可能だとわかった。

「おあつらえむきな場所だしな。一回やってみるか！」

『キュオオオン』

『グモォオオオ』

肯定するように吠えた二匹に背中を押される形で、スキルを展開した。

「ネクロマンス！」

――ネクロマンスに成功しました
――ゾンビをネクロマンスしました「痛覚耐性」を取得しました
――ボーンソルジャーをネクロマンスしました「柔軟」を取得しました
――グールをネクロマンスしました「食事強化」を取得しました
――クラッシュアーマーをネクロマンスしました「防御強化」を取得しました
――スケルトンをネクロマンスしました「再生能力」を取得しました
――ゴーストをネクロマンスしました「物理耐性」を取得しました
――ブラッドハウンドをネクロマンスしました「血液回復」を取得しました

姿は見えない何者かとつながった感触を得る。

「おお……」

――範囲にいたアンデッドの能力吸収によりステータスが大幅に向上しました
――使い魔強化によりレイ、エースのステータスが向上しました

声を聞くまでもなく、全身に力が漲るのを感じる。
頭痛がするほど大量のアンデッドを次々とネクロマンスしているのだ。そのたびにスキルやステ

ータスが強化されていくと思うと恐ろしい。

「すごいな……」

『キュオオオオン』

『グモォオオオオ』

心なしか二匹とも嬉しそうに吠えていた。

二匹にとっても強くなった実感があって良かったのかもしれない。

そして声はここで止まらなかった。

——リッチをネクロマンスしました　エクストラスキル「白炎」を取得しました
——レイスをネクロマンスしました　エクストラスキル「雷光」を取得しました

「これは……」


エクストラスキル。

ネクロマンスでつながった個体の特性を考えても、上級魔法だろう。

リッチもレイスも、Aランクが相手にするようなアンデッド上位の魔物だ。まともに戦えばかなり苦戦した気がする。ネクロマンス様様だった。

オリジナル魔法は、名を冠するオリジナル魔法がある。

魔法は体系立った四大属性魔法の他に、一つでも取得していればそれだけで非常に大きな武器になる。

首をかしげるレイを撫でながら考える。

『キュウン？』

「オリジナル魔法……だよな」

ものによってはそう、二つ名の由来になるような……待てよ!?

「白炎と雷光って、歴代賢者の冠魔法じゃないか!?」

ふと目の前にキラキラした何かが横切り、そのまま空へ還《かえ》るように飛んでいくのが見えた。

「まさかな……」

テイムとネクロマンスは似た部分のあるスキルだが、大きな違いもあった。

その最大の違いがこれだろう。

テイムがその後一緒に活動することを前提としているのに対して、ネクロマンスは能力を引き継いでいく性質が強い。

俺が強く願わなければ、力を引き継いで消えていく。ミノタウロスたちが五体もいたのにエースしか現れなかったのは、あのときの俺がそう願わなかったからだろうというのが、道中なんとなく二匹のパートナーが伝えてきた見解だった。それについてはまあ、概《おおむ》ねそうだろうと思っていた。

考えようによっては聖魔法に頼らない特殊な除霊手段にもなるようだ。

『キュオオン』

「ああ……本物の賢者か、それを模した人物かはわからないけど……賢者のオリジナル魔法を覚えるほどの人物がアンデッドになったってわけだからな」

レイから発せられた意思は「警告」だった。

『グモォオオオ』

エースも訴えかけてくる。

わかってる。

もう目の前に気配があった。

だが俺の警戒などあざ笑うかのように、それは実に軽やかに、実に自然に、一瞬にして懐《ふところ》に入り込んでいた。

十話　強者

「へぇ……私の眠りを妨げた上に、あろうことか使い魔まで勝手に消した馬鹿の顔を見にこようと思ったのだけれど、貴方ね……？」

「なっ!?」

声はなぜか真後ろから聞こえていた。

慌てて振り返る俺をあざ笑うように離れていく。

「あはは。いい反応。とりあえず使い魔一匹分は、これでチャラでいいわ」

「は……？」

そう思った次の瞬間、身体に違和感が走った。

「ぐっ……!?」

痛みは薄い。

「そうか、これが痛覚耐性ってやつ……か……」

あって良かった。

なんせ右腕が肩からごっそり持っていかれているのだから……。

『キュウオオオオオオオオン』

「あら、遊びたいのかしら？」

「待てレイ！　勝てる相手じゃない！」

飛び込んでいったレイに指示を与えようと叫ぶが、主人を攻撃されたレイは興奮状態にあり届かない。

いやそもそも、単純に速いのだ。

だが、その速度——ミノタウロス五体を完封したほどの速度であっても、その強大な相手の前にはまるで無力だった。

あろうことか向かってきたレイの頭をひと撫でして、一言だけ、こう呟いた。

「おすわり」

『ガアアアアア』

わずかに触れただけで、明らかに体格で勝るレイが悶《もだ》え苦しむほどのパワーを見せつける。

レイは地面に思い切り平伏《ひれふ》せさせられていた。

『グモォオオオオオオオオ』

「今日はモテモテね」

続けてレイを追いかけるように駆け出したエースへの対応は、極々最小限のものだった。

「はい。寝てて？」

デコピン。

俺にはそうとしか見えない、たったそれだけの、指先だけのわずかな動きだというのに……。

『グモォガァアアアア』

ただそれだけでエースはかなりの距離を吹き飛ばされていた。

強すぎる……。

レイもエースも、もはやそれ単体でAランク冒険者程度なら軽くあしらえるであろう力がある。

そして俺も、あのロイグと力比べで勝てる程度にはステータスが向上しているはずだ。

だというのに……。

「まるで歯が立たない……」

「あら、褒めてくれるのね。ありがとう」

「――っ!?」

一瞬。

瞬き程度の隙も見せたつもりはなかった。

だが……。

「ぐはっ……！」

気づけば俺も吹き飛ばされていた。

本当に痛みがなくて良かった。だがこれ……治るか？　骨も中身も、今の一撃だけでめちゃくちゃになっている感覚だけはある。

不幸中の幸いだろうか。距離が離れてようやく声の主の姿が見えた。

まず目立つのは透き通るような美しい髪。金とも銀ともつかない幻想的な色合いが見る者を神秘的な世界へいざなう。

次に目に入ったのは真紅に輝く瞳。その目を一度見ただけで目が離せなくなるほど魅力的で、恐ろしいものだった。

そして背中に生えた黒い翼。

黒と赤を基調とした服装。

周囲を飛ぶコウモリ。

尖った牙のような歯。

ここまで特徴が揃えば、揃ってしまえば、目の前の存在の正体も自ずと確信が持てるというものだった。

――ヴァンパイア……。

漂うオーラからしてもう、圧倒的な強大さを感じさせる。

対してこちらは片腕を失い、動きに全くついていけない状況。

レイとエースもすぐに動けそうにないことがわかっていた。

絶望的な状況を楽しむかのように、その少女のような見た目の悪魔《ヴァンパイア》はこう告げた。

「さて、遊びは終わりにしましょうか」

それは事実上の死刑宣告。

「くっ……」

周囲に風が舞い上がり、空気が震えるほどの圧力を放ちはじめる。

今の台詞からこれまでが本気でなかったことはわかるんだが、それにしてもまるでこれまでと違うオーラになった。

真紅に輝いていた瞳は金色の光を放ち、見る者全てを総毛立たせる恐ろしさを有する。

次の一撃……食らえば死ぬ。

相手は見えないほどに素早いのだ。待っていては俺はやられたことにも気づくことなく、ここで終わることになるだろう。

なら、賭けるしかない。

「【白炎】！」

さっき得たばかりのエクストラスキル。俺が今持っているカードの中で間違いなく最強の選択肢の一つ。

手をかざし唱えると、瞬く間にヴァンパイアは白い炎に包まれていく。

それどころか周囲一帯が激しい光と熱に包まれ、辺り一面を一瞬にして火の海に包み込んでいた。

「すごい威力だな……」

流石は賢者の二つ名になるほどの魔法だった。

「へえ……懐かしいわね」

「くっ……」

炎の中に見える影はまるでダメージを負った様子がない。

ヴァンパイアは聖属性の次に炎に弱いとか言ってたはずなのに……。

仕方ないか……。

「俺が持つかわからないけど……やるしかないな」

もう一つのエクストラスキル【雷光】。

こちらも効果はわからないが同じく賢者の魔法だ、きっと威力は桁違いだろう。

「終わりかしら？」

「安心してくれ。まだあるぞ！」

手をかざす。

「【雷光】！」

唱えた途端、空にどす黒い雲が巻き起こる。

周囲の天候すら変える極大の魔法……。賢者の名に恥じない凄まじい魔法だ。

――ドゴォォオン

空から落ちた雷は、まるで質量を持つかのような激しい音とともにヴァンパイアに降り注いだ。

周囲の白い炎を巻き込み、大きな爆発を引き起こす。

余波だけで俺は吹き飛ばされていた。

「ぐっ……」

衝撃に耐えながら考える。

たまたま手にした二つのエクストラスキルだが、もしかすると合わせると今のような威力の増加が見込めるのではないだろうか。


――【白炎】と【雷光】の取得により、ユニークスキル【バーストドライブ】を取得しました

「ユニークスキル!?」

エクストラスキルの合わせ技によってとんでもないものを手に入れたらしい。

これはこれですごいんだが今は考えている場合じゃないので頭を切り替える。

今の攻撃はつまり、擬似的にユニークスキルクラスの攻撃になっていたということでもある。

それならばいかにヴァンパイアとて多少ダメージを負っていて欲しいんだが……。

「どうだ……？」

【白炎】と【雷光】が引き起こした煙も徐々に晴れてくる。

そして……。


「嘘だろ……」

晴れた煙の先に、全く無傷のヴァンパイアが姿を現した。

むしろ放った本人であるこっちのほうが、余波で吹き飛ばされてダメージを負っているような始末だった。それに加えてもう魔力も尽きた。魔力切れの症状と言われる頭痛と目眩《めまい》で意識が朦朧《もうろう》とし始める。

これも道中で身につけた「魔力強化」とかがなかったらそもそも撃てすらしなかっただろうな……。

死を覚悟する。

だがこちらが出せる攻撃を出しきったところで、対峙していたヴァンパイアから予想外の言葉が飛び出てくる。

「面白いじゃない。少し興味が出たわ」

現れたヴァンパイアから少しだけ敵意がなくなったように見えた。

なんでだ？　戦うと興味が出るのか？

もしかすると本気なのはこっちだけで向こうは遊びのつもりだったからだろうか。ありうるな……。

「で、あなたは何をしにここに来たのかしら？」

一瞬の猶予。

頭の中に高速で様々な事象が飛び交う感覚を得る。

返答を間違えれば殺される。そう本能が告げていた。

もともとはギルドの調査を受けたから……。いや違う、俺のネクロマンサーとしての情報収集のためだ。ここで得られることはないかという思いと、さらに希望的観測に基づけば何か知っていそうな人物がいないかということになる。

そう考えると目の前のあまりに強すぎる美少女は、それに該当するように感じ始めた。

結果、口から飛び出したのは自分でも驚く台詞だった。

「君に会うため？」

「……へっ!?」


ボンッと火が出るかと思うほど急激に顔を赤くされてしまった。

「なななななにを言っているのかしら!?」

「いやほんと、自分でもそう思う」

「突然過ぎるわよ！　そういうのはもっと時間をかけてお互いを知って、ロマンチックな雰囲気で……って何を言わすのよ！」

あからさまにテンパっていた。

でもそのおかげでようやく目の前の存在を落ち着いて見ることができた。

改めて確認する。

「ヴァンパイア……だよな？」

「それを知ってこうして普通に話しているところは本当に、面白いわね、あなた」

スッと彼女の瞳から完全に戦意が消えたように思えた。

羽がなくなり、金に輝く瞳は元の真紅の美しい瞳に戻る。それと同時に、全体的に少し落ち着いた顔つきになったように見えた。

二つに束ねた髪型からか、どこか幼さも垣間見えるその少女が、不敵にほほえみこう付け加える。

「ただ、一緒にしないでもらえるかしら？　ただのヴァンパイアではないわ」

そう言って一回転すると、黒い霧が体を包み衣装が変わった。

先程までの衣装よりも一見して豪華なドレス姿になる。

「ヴァンパイアロード。この地のヴァンパイアたちを統《す》べる存在よ」

「おお……他にもヴァンパイアがいるのか」

「えっ!?　えっと……そうね？　多分いるわ？　いると思うの……いるもん……王なんだから……ぐす……」

なんでだろう。泣かせてしまった。

「えっと……悪かったよ……？」

「うう……」

雰囲気の変わった少女は、先程までの強者のオーラをすっかり潜めさせていた。

十一話　仲間

すっかり敵意もオーラもなくなったヴァンパイアの少女と改めて向き合う。

決して油断できる状況ではないが、吹き飛ばされていたレイとエースも戻ってきて、多少落ち着いて話ができるようになった。こちらが片腕もない満身創痍《まんしんそうい》な状況であることは変わらないのだが……。

少女がふとこんなことを口にする。

「そうだわ！　貴方、眷属《けんぞく》にしてあげる」

「眷属……？」

「そうよ？　純血種の王たる私が直々に眷属にしてあげるの。どう？　ありがたいと思わない？」

眷属か……。

思考を巡らせる。

ヴァンパイアの眷属もまたヴァンパイアとなる。

ヴァンパイアが敵性の存在とされてきたのは、その部下に当たる眷属たちの凶暴性によるところが大きい。

まあヴァンパイアの親玉である存在も、人間の倫理観が存在せず手に負えないケースが多かったとは聞くが……。

「眷属って、血をもらうってやつだっけか？」

「そうよ！　ありがたく思いなさい？」

自信満々にそう告げる少女。ありがたい……んだろうか。いやまあ、さっきまで殺されかけていたことを思えばありがたいか。

問題は眷属化したときに起こる変化だ。

もし自分が凶暴化するとか、人を襲わずにはいられないというのであれば絶対に受け入れるわけにはいかないんだが……。

「それ、されるとどうなるんだ？」

凶暴化するなり、目の前の少女の言いなりになってしまうなり、人間視点でのデメリットについての回答を期待したんだが……。

「え？　うーん……どうなるのかしら？」

少女の返答は全く予想外と言うか、期待はずれなものだった。

「知らないのか……」

少女を見ると顔を赤くして反論した。

「だってしょうがないじゃない！　初めてなんだから！」

最初の威圧感はどこにいったのかと思うほど、パタパタと動く可愛い生き物になっていた。

しかしそうなると困ったな。

出血からか意識も朦朧としてきているし、早く決断しないといけない。

俺が助かるには目の前の圧倒的強者である少女の望みにある程度応える必要があることは間違いない。

ただ、眷属化という話をそのまま受け入れるのも……。

いやでもこの国ではヴァンパイアというだけで罪に問われることはない。

出来損ないのグール等、知性を失えばその限りではないが、基本的には亜人として認識されているという建前がある。そう考えればあながち悪い話というわけでもないかもしれない。

ただまあそれでも、敵視する人間は多いんだけど……。

「で……どうするのよ……？」

チラチラ上目遣いでこちらを伺う様子もとても可愛い。

可愛いんだが気をつけないと目の前の相手は一瞬で俺たちを亡き者にする力を持っている。現に俺、今腕ないしな。

「名前は？」

「えっ？　ミルムよ」

「ミルム。相談がある」

「何かしら？　なんでも聞いていいわよ？　貴方は眷属候補だからね。あっ、これも返してあげるわ」

そう言うと地面に落ちていた俺の腕が宙に浮かび上がる。

そのまま空中で黒い霧に包まれた俺の腕は、突然無数のコウモリとなって俺の元へ飛んでくる。

「なんだ……？　え……？」

見れば元通り、俺の腕はしっかりと治っていた。

どんな魔法だ……。

改めて目の前の存在が規格外であることを知り戦慄する。

だが目の前の少女――ミルムのほうは逆にどんどんこちらに興味を持ってくれている様子が見受けられている。

「で、質問は何かしら？　私は今機嫌がいいから聞いてあげるわ」

理由はわからないが気に入られたらしい。

「ミルムは俺を眷属にして何をしたいんだ？」

これが問題だ。

人間に仇《あだ》なすのであれば流石に同意できないからな。

「え？　うーん……難しい質問をするわね。眷属のくせに」

ぶつぶつと悩む素振りを見せるミルム。

あれだな。なんも考えてないやつだこれ。

「決めたわ！　ここにヴァンパイアの国を作って――」

「却下だ」

「なんでよ！　眷属のくせに生意気ね！」

「国を作るほどのヴァンパイアをどっから集めてくる気だ。全部産む気か!?」

こんな場所にすすんでやってくるやつなんてほとんどいないだろうし、ヴァンパイアの生き残りがそんなにたくさんいるとは思えない。

「産む!?　そうね……眷属がどうしてもっていうならその……考えてあげてもいいけど……」

顔を赤らめてチラチラこちらを伺いながらそんなことを言い出す美少女。

「却下だ」

「なんでよ！」

話してみてわかったがこの子は悪い子じゃないな。

『クゥン』

『グモォ』

戻ってきたレイとエースが敵意も出さずに大人しくしているのが何よりの証拠だろう。

「提案だ」

「相談に提案に、忙しいわね」

「仲間にならないか？」

「仲間……？」


ミルムは面食らったようにポカンと口を開けてこちらを見ていた。

「仲間……仲間……」

ぶつぶつとそう繰り返しながら何か考え込むミルム。

「だめか？」

「だ、だめじゃないわっ！　ただ……人間、よね？　ちょっと雰囲気が違うけど」

「え？　雰囲気が違う……？」

なんの雰囲気が違うのか気になったが話は逸らさない方がいいだろう。

「いやとりあえず俺は人間で間違いないけど……」

「そうよね」

それだけ言うとまたしばらく逡巡《しゅんじゅん》するミルム。

「あの……ね。うーん……」

「……？」

唸り始めたミルム。

しばらく静かに待っているとようやく口をひらいた。

「私は、人間が怖い」

「怖い……？」

意外な言葉だった。

人間がヴァンパイアを恐れることはあっても、逆のことは考えていなかった。

「私たちは確かに人間と相容れない生き物であることも自覚はある。だけど、人間に干渉しなかった者まで根こそぎ刈り取られてきた。私の周りで犠牲になったのはいないわ。だから恨みはないけれど……怖いものだとは、意識に刷り込まれてる」

「そうだったのか……」

弱気に語るヴァンパイアの少女。

確かに一時、ヴァンパイアハンターが隆盛を極めた時代がある。もう何年も前のことだが、人間とは時間の捉え方が異なる部分もあるだろう。

「人間は信用できないか？」

「そう……ね。眷属なら裏切らない。眷属は部下であり、仲間であり……子ども、みたいなものだから」

ポツポツと漏らすミルムの目に、俺がどう映っているかはわからない。

ただ怖がっているはずの人間に対するものとは少し違うと感じることは、自惚《うぬぼ》れではないはずだ。

「ならこうしよう。俺はネクロマンサー。不死の魔物を仲間にする力がある」

「ネクロマンサー……なるほど。道理でこちら側に近いわけね」

その話も気になるが今は我慢だ。

「ミルムは俺を眷属にしてくれ。そして、俺はミルムとネクロマンスで契約する」

「契約するとどうなるのかしら？」

「さぁ……？　どうなるんだろうな？」

「ちょっと!?」

仕方ないだろう。お互い初めてなのだから。

「むむむ……まぁ……そうね。そこまで言うならしてあげてもいいわ！」

「おお」

命の危機を逃れただけでなく味方に引き込めた。

それもこの上なく強力な仲間だ。

眷属化のリスクはあるが、こちらも契約を結ぶのであれば大丈夫だろうと踏んだ。

いやそれ以上に、俺はこのミルムという孤独なヴァンパイアに寄り添いたいと、そう本能の部分から訴えかけられたような気がしていた。

「それと……眷属にするのは少し待ってあげるわ」

「え？」

どういうことだ？

「その……眷属って、二度と引き返せない契約。破棄は死を意味するわ。だったらお互い、少し軽いところから入ったほうがいいでしょう？」

「なるほど」

「それに、私の知る限りスキルによる契約で一方的にこちらが不利になったりするものはないはずだし、その……仲間と言うなら、そっちの方が……いいわ」

なんだろう。

顔を赤くして目を逸らしながらそう告げるミルムは、すごく守りたくなるオーラを放っていた。

十二話　盟約

ネクロマンスの契約は不死者を従えるもの。

霊体でなくても不死の頂点であるヴァンパイアなら、契約は成立するだろうと踏んでいた。

そこは本人も問題ないと言っているしいいだろう。

そして条件についてだが、従えるだけでなくお互いの約束事を決めるような形で契約に至る手段がありそうだ。

おそらく望めば、スキルが獲得できるのではないだろうか。


――ネクロマンスに「盟約」が加わりました

やっぱり。

「準備ができたのかしら」

「ああ、待たせた」

「じゃあ……」

なぜか手を前に組み、目を瞑って上目遣いでこちらを見つめるミルム。

キスでも待つかのようなその仕草にドキッとさせられるがなんとか意識しないようにしながら、【盟約】を発動させる。


「【ネクロマンス】」


盟約の条件は溶け合う意識の中で合意されていく。

俺から示す条件も、ミルムが示す条件も、概ね一致していて、ごくごくシンプルなものだった。

お互いを傷つけないこと。

裏切らないこと。

そんな感覚を共有して、盟約は結ばれる。

「これがネクロマンサーの力なのね」

そっと目を開けて何かを噛みしめるように話すミルム。

盟約の効果ではないと思うのだが、改めて見たその表情は本当に、綺麗で思わず息を呑むほどだった。

契約で結ばれたことによって俺が安心したからかもしれないな。

「不思議な感覚ね」

ミルムがそう呟いた直後、頭の中にあの声が響いた。

――ミルム（ヴァンパイアロード）と盟約を結びました
――能力吸収によりユニークスキル「黒の霧」を取得しました
――能力吸収によりユニークスキル「夜の王」を取得しました
――能力吸収によりエクストラスキル「血液再生」を取得しました
――能力吸収によりエクストラスキル「黒の翼」を取得しました
――能力吸収によりエクストラスキル「闇魔法大強化」を取得しました
――能力吸収によりステータスが大幅に向上しました
――使い魔強化によりレイ、エース、ミルムの能力が向上します

「おお……すごいな……これ……」

「何これ!?　貴方何をしたのかしら!?」

力が還元されたミルムが驚く。

「ネクロマンスで契約したから力が共有されたんだよ」

「そんなことまでできるの!?」

「あれ？　そういうもんじゃないのか？」

「知らないわよ。そもそもネクロマンサーなんて話自体、私だって聞いたこともなかったのだから」

　そうなのか……。

　人の何倍も生きる不死の王でも、ネクロマンサーに関する情報はないのか。

　それにしても、便利だなとは思っていたけど、こうも一気にステータスが向上すると何か後ろめたい気持ちにすらなってくるな。

　テイマーの頃とは比較にならない速度で強くなっている実感がある。

「まあいいわ。よくわからないけど強くなったのは間違いないわね」

　本気を出していた様子はなかったというのに手も足も出なかったミルムが更に強くなったということに仲間ながら戦慄を覚える。

「それ以上強くなるのか……あ、何個かスキルをもらったんだが使い方教えてくれるか？」

「スキルをもらった……？」

「ネクロマンスでつながった相手のスキルを引き継ぐことができるらしい」

「はぁっ!?　とんでもないことをさらっと言うわね貴方……。それで、何を引き継いだのかしら？」

「【黒の霧】と【夜の王】ってのが特にわからないやつだな」

「ユニークスキルじゃない!?　え、私まだ使えるわよね!?」

慌てた様子で何か準備をするとミルムの姿が霧に包まれた。

そして霧の一粒一粒がまるで生きているかのように動き出していく。

「これは……」

「使えるようね……これが【黒の霧】。自身が霧となったり、広範囲に霧のようなものを展開する魔法ね」

自身が霧になる……？

それって……。

「事実上、上位のヴァンパイアには物理攻撃が効かないわ。弱点になる素材を組み込まれてスキルを阻害されれば別だけど、【黒の霧】がある間は攻撃は届かないわね」

「すごいな……」

さすがユニークスキル。

「【夜の王】も使えるわね」

先程まで霧に包まれていたミルムの周りを、無数のコウモリが飛び回っている。コウモリに見えるそれは……。

「黒魔法の……いや……なんだこれ」

ミルムの周りを飛ぶコウモリたちはよく見れば先程の霧の集まりのように実体がない。魔法で作られた存在だということはわかるが、俺が知っている魔法とは何かが違う気がする……。

「宵闇《よいやみ》の魔法。闇属性の中でも死を司《つかさど》る者にだけ使える特別な力」

「特別な……」

言葉の意味を理解しきる前に、ミルムがふっと息を吐きだして言葉を続ける。

「良かったわ。吸収って私の能力を盗られるわけじゃないのね」

ミルムは安心した様子でこちらを振り返った。

「で、この二つのスキルの使い方ね……なんだか釈然としないけれどまあいいわ。貴方はその……仲間、だし」

顔を真赤にして逸らすくらいなら言わなきゃ良いのに。

本当にこうなるとただの可愛い女の子だな。

「何か言いたげね」

「いや、とりあえずスキルについて教えて欲しい」

不服そうにジト目でこちらを見るミルムに、改めて説明を求めた。

「【黒の霧】はさっき見せたように、文字通り霧を発生させたり、自身を霧化する能力ね」

「本当にすごい能力だな」

「そうね。防御の要《かなめ》と言ってもいいわ。とはいえ魔法攻撃にはまた別の対策が必要だけれど」

そうは言うが、物理攻撃がほとんど効かないというだけでどれほどのメリットがあるかわからない。

「もっとも、貴方がいきなり常にこれを展開するのは難しいでしょうね」

「やっぱり消耗が激しいのか」

「ええ。まあやり方は後で教えるとして……【夜の王】の話に移りましょうか」

「ああ」

使いこなせるかどうかはあとでいいだろう。

【白炎】や【雷光】が唱えただけで発動したことを思えばある程度はいけるだろうという目論見《もくろみ》もあるが、どちらかといえば詳しく聞きたいのはその【夜の王】のほうだった。

「【夜の王】。自身の魔力を元に、使い魔を生成する能力ね」

「生成……？」

説明はシンプルだ。

だがそれだけではないことはわかる。

「生み出された使い魔はいわば宵闇の魔力の塊。私の本質とも言えるけれど、おそらく人間からすれば奇跡としか思えないようなことでも、宵闇の魔力の塊であるこの子たちなら叶《かな》えられる」

生み出されたコウモリを愛《め》でながらミルムが言う。

「あまりピンときていないわね」

「まあそうだな……」

奇跡だなんだと言われてもそれがどんなものかわからないとなんとも言えなかった。

ミルムの次の一言は、俺のそんな思いを見透かしたものだったかもしれない。

「さっき腕を治したのもこれよ」

「そうなのか!?」

どんな魔法だと思っていたらそんなことまでできるのか……。

宵闇の魔力は死を司る魔力と言っていた。その魔法で、腕を治す……？

一体どんな原理かはいまいちわからないが、とんでもないスキルであることは間違いない。

「それにしてもいい気分ね。久しぶりに強くなれたわ」

ミルムがふわっと笑う。美少女はどんな顔してても絵になっていいな。

「そりゃ良かった」

「で、このあとどうするのかしら？　一緒に魔物を統べる王になるのかしら？」

なんだそれ。冒険者辞めて魔王に……いや確かになれそうなスキルなんだけどな……。

無視することにした。

「ミルムが良ければだが、一緒に冒険者をやらないか？」

「いいわよ！　面白そうじゃない」

もうちょっと渋られるかと思ったら即決だった。

仲間になるとは言ったもののその上でこちらに合わせてくれるかはわかっていなかったが、どうやらこの提案は気に入ってもらえたらしい。

「じゃあ、ギルドまで戻るか……あぁ、人間が多い場所は……」

「いいわよ。貴方がいるなら」

「そうか……」

随分心を許してくれたものだなと思った。

これもテイムやネクロマンスの影響だろうか……？

「ランドだ」

「え？」

「名前。教えてなかっただろ？」

「ランド……ランドね！　いい名前じゃない！」

妙にテンションの高いミルムとともにギルドへ帰ることになった。

十三話　新たな力

「あ、そういえば……」

「どうしたのかしら？」

帰路につこうとしたところで思い出して足を止める。

「なんかこいつらが行きたいとこがあるって言ってた気がしてな」

そもそもレイとエースに引っ張られて行った結果、ミルムに出会ったんだった。

『キュオオオン』

「可愛いわね、この子たち」

撫でられて尻尾を振るレイ。そしてそれを愛おしそうに撫でるミルム。確かに可愛い。絵面としてとても。

エースの方はサイズ的に見上げるような形になるが、それでも意外と愛嬌のある表情を見せるので撫でられると素直に喜んでいた。

「行きたかったのはミルムのところだったたってことか？」

『グモォオオオ』

「なるほど……」

エースが同意するように吠えた。

「今ので伝わるの？」

「ああ。大体は」

「私にはなんて言ってるか全くわからないわね……」

仲間はずれになったような形だからだろうか。ミルムが口をとがらせて少しいじけるような仕草をしていた。

「ああ。ごめんごめん。これ、ミルムならなんとかできるか？」

【死霊の棺】からレイとエースの身体を取り出す。

エースから伝わってきた内容は、自分たちの骸をミルムに渡せというものだった。

「今の、宵闇の棺かしら？」

「いや、死霊の棺ってやつだ」

「多分宵闇のほうが便利よ？　使ってみたら？」

そんな簡単に言われても……と思っていたらあの声が響いた。

――エクストラスキル【宵闇の棺】を取得しました

こんなにあっさり……。

【死霊の棺】から何が変わるのかと思っていたら、一番欲しい機能が実装されたことをミルムから教えてもらった。

「これで手持ちの荷物は全部持たなくていいわけ」

「おおっ……！」

『グモォ』

荷物持ちをさせられていたエースが吠える。

仕事をとられたという不安そうな声と表情だった。

「安心しろ。お前はこれからも頼りにしてるから」

『グモォオオオ！』

やる気になってくれたらしい。

見た目はイカツイが割と単純で可愛いところがあるやつだった。

そんな様子を微笑ましそうに見ていたミルムが話をもとに戻す。

「で、この子たちのこれよね。良いわ」

「おお、なんかできるのか」

「ただし、もう戻れなくなるわよ？　良いのかしら？」

ミルムは俺でなくレイとエースを見て尋ねてくれた。

すぐに二匹が返事をする。


『キュオオン』

『グモォオオ』


同意を示したことはミルムに伝わったらしい。

「そう。わかったわ」

ミルムが目を瞑る。

ミルムの周囲を黒い渦が包み、そのまま前にあった二匹の身体を包み込む。

ドロドロと溶けるように身体が黒い渦に吸い込まれていった。

次の瞬間、黒い渦が輝きを放って二匹の骸が変化した。

「これは……？」

「よし。成功ね」

光が収まり、現れたのは……。

「角《つの》？　だな」

「そうね」

二匹の骸はそれぞれの特徴を示す角だけを残し消えた。

いやミルムが何かしていたのだ。ただ角を切り出しただけではないことはわかるんだが……。

するとレイとエースがそれぞれの角を取って吠え始めた。

『キュオオオオオオオオオオン』

『グモォオオオオオオオオオオオ』

二匹の霊体がそれぞれ輝きを放つ。

同時に持っていた角が体内に取り込まれるように消えていった。

――レイの存在進化が確認できました　最上級種フェンリルへと進化しました
――エースの存在進化が確認できました　ミノタウロスは最上級種のため、ユニークモンスター「エース」となります
――存在進化にともない大幅にステータスが強化されます
――使い魔強化によりレイ、エース、ミルムのステータスが大幅に向上しました

「なんだこれ……」

「もともと強かったのが精霊になって強くなってたわけだけど、肉体と離されてた分やっぱり力は落ちるのよ」

「それが戻ったってわけか……？」

「そう。身体が綺麗だからそちらを器にする手段もあったけど、この子たちは強くなりたがってたから」

「そうなのか」

『キュオオオン』

『グモォオオオ』

役に立ちたいという意思表示だった。

「懐かれてるわね」

「不思議なことにな」

「そうかしら？　理由はわかる気もするけどね」

ふわりと俺から離れ、強くなった二匹のもとに飛んでいくミルム。

ま、考えても仕方ないか。

「そういえば、ネクロマンサーが不死に近いって、どういう意味だ？」

「ん？　ああ……そのままの意味だけど……そうね。人間に比べて死に触れる力が強い。それを私たちは宵闇の魔力と呼んでいるわね」

「宵闇の魔力……」

今後付き合いが長くなりそうな単語だった。

「とりわけ死に関するエネルギーは特殊なのよ。扱い方も、できることも、そして使える存在も」

なんとなくわかる気もするし、なんとなくわからない気もする。

「まああれね。私たちは血を飲むと寿命が伸びる。これが宵闇」

「あー」

なんとなくわかった気がするような、しないようなという感じだった。あれ？　これだと何も進歩してないな。

「まあ、難しく考えても仕方ないじゃない？　あなたは私に似てた。それだけでいいでしょう？」

屈託のない笑みを向けられ思わずどきっとする。

ドタバタしていたせいで忘れかけていたが、よくよく考えるとこれだけの美少女の近くにいるんだ。ドキドキしないはずはないな。

「そうだな」

「ふふ……楽しみね！　人間の冒険者」

「人間が怖いっていうのはどこにいったんだ」

「言ったじゃない。貴方がいるなら大丈夫。貴方を介してしか触れ合わないのなら問題ないわ」

「そんなもんか……」

なんか人間が虫を嫌がるのと同じような理由に思えてくるな……。虫が怖いという言い方をするやつもいるしな……。

「大丈夫か？　ヴァンパイアハンターって主に冒険者ギルドがやってたはずだけど……」

「今も多いのかしら？」

「いや、最近はそもそもヴァンパイアがいないし、国としてヴァンパイアを見たら殺せというものでもなくなったから、今はいないけど」

「なら良いじゃない。ま、いたとしても――」

スッと立ち止まるミルム。

その目が金に輝いた。

「私に勝てるかしら？」

「……無理だろうな」

少なくとも俺が知るSランクパーティーの面々はまず、勝てない。

あの【剣聖】ならどうだろうか？

どちらも本気を見ていないからわからないが、少なくとも逃げられはするだろう。そう思うと危ない目に遭うことはまずないか。

「そういえばヴァンパイアってやたら弱点が多かった記憶があるけど、普通に日中でも出歩けるんだな？」

「だから私をその辺のと一緒にしないで欲しいと言ったのよ。日光も水も銀も十字架も効かないわよ」

「木の杭を胸に刺されるとってやつは？」

「それについては逆に木の杭を打たれて死なないためのスキルが必要な話でしょう？　貴方も死ぬわよ」

「それもそうか」

あれ？　そう考えると……。

「無敵だな」

「ふふん。そうよ？　私に敵う者はいないわ」

「あれ？　でもそうなると俺、眷属にされてたら昼間動けなくなってたのか？」

「あ……」

「ま、まあ、その可能性もあったかもしれないわね？　良かったわね。してなくて」

冷や汗を流して顔を背けるミルム。

「本当にな……」

流石にそれは不便だった。

「ただ、場合によってはその辺りもなんとかする方法はあるわ」

「そうなのか」

「ええ。ま、必要になったら話しましょ」

そういうとパタパタ羽を動かして飛んで移動するミルム。

いいな。あれ。

いや待てよ？

「【黒の翼】」

おお……！

「え？　まさか……」

「ああ。吸収してた」

背中に翼が生えていた。

ミルムと同じようなコウモリやガーゴイルを連想させる割と大きな翼だった。

「飛べるのかしら？」

「やってみるか……」

翼に力を入れようと意識してみる。

「おお？」

意外なほどあっさり飛ぶことに成功した。

「その翼は闇魔法で飛ぶためのものだから、使えさえすれば飛ぶのは簡単なのよね」

「そうなんだな」

「気をつけないといけないのは魔力切れね。空中で解けたら人間は死ぬわよ」

「確かに……」

慎重に使うことにしよう。

少なくとも移動のために使えるほど魔力効率が良いようには感じなかった。戦闘時やちょっとした移動に便利というくらいだろうか？

「そう考えると、移動手段があるといいわよね」

「ああ……」

「まあこの子に乗れば多少は速くなるでしょうけど、少し小さいわよね」

フェンリルになったレイを撫でていう。

特に見た目は大きく変わってないからな。ただちょっとなんというか、神々しくなった気はするけど。

「まあ、そのうち馬車でも買うか」

「影移動を覚えれば速いかもしれないわね」

「影移動……か」

パッと思い浮かべるがあの声は響かなかった。

すぐには難しいんだろう。

「ま、今はゆっくり行けばいいわ。色々と人間の話を聞かせて頂戴」

「はいよ」

そんなこんなで、割と賑やかな雰囲気のまま、帰り道を二人と二匹の仲間と歩いて行った。

十四話　冒険者登録

「ランドだ……」

「なんだ隣の子!?　めちゃくちゃ可愛いぞ!?」

「それより一緒にいた犬、でかくなってないか……？」

「こないだはミノタウロスまで一緒にいたらしいぞ！」

ギルドに足を踏み入れた途端注目が集まった。

ミルムは羽を隠していたって目立つな……。まあちょっとそのへんでは見られないくらいには整った顔立ちだしな。

「人気者じゃない」

「ミルムのほうが目立ってると思うぞ」

「え!?　どこかおかしかったかしら？　大丈夫よね？　私ちゃんと人間のことは学習してきたのだし」

何か誤解を与えてしまったようでパタパタと慌て始めていたがまあこれはこれで可愛いのでいい

か。

とりあえず受付まで行こう。

たどり着くまでの間もずっと、声は収まることがなかった。

「にしても、本当に可愛いな隣の子」

「メイルやクエラに誘われて断ったのってあれが原因か？」

「ランドのこと見捨てて逃げてきたって話だったけど、その上断られてんだからざまぁねえなぁ」

「馬鹿なことしたなぁ、あいつらも。俺は前からランドが一番つええと思ってたぜ！」

「はいはい……こないだまでフェイドだフェイドだって騒いでたくせによ」

いろんな声を背中に受けながらようやくカウンターにたどり着いた。

「あ！　ランドさん！　と……綺麗な方ですね？」

なぜかニィナさんにジト目で睨まれる。

そんなこと意に介さないミルムが上機嫌にこう答えた。

「ふふん。見所があるわね。眷属にしてあげようかしら？」

「え……まさかとは思いますが……」

ニィナさんがこちらを見た。

俺の行った場所、今のミルムの言動から導けば自ずと答えは出るだろう。

「悪いやつじゃなかったからな。連れてきた」

「そんな簡単に!?　ちょちょちょちょっと待ってくださいね!?」

ニィナさんはパタパタと奥に駆け込んでいった。

「やっぱ俺が思ってるよりミルムってとんでもないんだな」

「むしろあなたの反応がおかしかったのね。まあでも、わかってても敵視はしてこなかったのは意外ね」

「言ったろ？　もうヴァンパイアは敵性の生き物じゃないんだよ」

あくまで表向き、ギルド職員というある種の公的な存在だからこそという側面もあるが、ルールの上ではそうなっているのだ。

ギルドにとってどういう存在かはまだ見えていない部分はあるが、悪いようにはならないだろう。

「あ！　お二人ともすみません。こちらにお越しください」

結局カウンターの奥の応接室に招かれることになった。

これも冒険者たちにとっては一種のステータスになっている。この部屋に呼ばれるのはギルドから特別任務を与えられるような信頼のおける存在や、国家戦力級になるAランクやSランク冒険者の特権だからだ。

なのでまた背中に羨望の視線を受けることになる。

「おいおい……いきなり特別室かよ……」

「一体何者なんだ」

「はぁ……」

どうしてこう……冒険者というのは粗野な振る舞いばかりなのだろうか……。

仮にも上位の冒険者、特に貴族や商人とのやり取りを目指すようなものならば、当然その部分から改善すべきだと私は思うのだが、どうやらそこまで頭が回るタイプはなかなかいないらしい。

「地域最強パーティーがあれではまあ、仕方がないかもしれませんが……」

ギルドの受付カウンターから見えたSランクパーティー。実際のところあれを率いているのはパーティーリーダーのフェイドというより、ガタイの大きいロイグだろう。

元騎士団長。その個の力は抜群だが、そもそも騎士団長にまでなった男がわざわざこんなところで冒険者をやっていること自体おかしいのだ。

「あれでは騎士団にいられなくなっても仕方ないでしょうね……」

散々飲み荒らし、乱暴にテーブルを叩いては壊し、大声で喚き立てる。

リーダーのフェイドもコントロールができていないし、他のパーティーメンバーはどこ吹く風……いや一人だけ、その場にいないメンバーがいた。

「ランドさんはどこに……？」

時期勇者パーティーのメンバーは五人。

その中でもギルドが最も期待して評価しているのが、テイマーのランドだった。

不遇職とされるテイマーながらその卓越した力でパーティーを支える縁の下の力持ち。

彼がいなければ今頃あのパーティーはまだよくてAランクだっただろう。

「だぁっ！　ったくよぉ！　いつまであんなのろまのお守りしてやるつもりだぁ？　フェイド」

「まあ落ち着け。あいつがいないと俺たちが交代で見張りやら荷物番をすることになるんだぞ」

「ちっ……まあ雑用係としちゃあいいかもしれねえけどよ……ったく、気に食わねえやつだ」

ロイグはどうも今の地位を勘違いしている節が強い。これはギルドとしてはなるべく早く是正する必要のある案件なのだが、腐っても元騎士団長。どうしても色々な事情で先延ばしになっているのが実態だった。

「はぁ……」

心の中だけで呪詛を吐く。

あの男《ロイグ》がいつか痛い目に遭うように願ってしまう自分がいた。

と、いけない。

今は仕事中なんだった。目の前に現れた冒険者たちに対応しなければ……。

「いらっしゃいませ。ご用件は……」

「おっ！　可愛いじゃん、どう？　このあとさぁ」

「ちっ……」

「え？」

しまった。あんな事を考えていたからか、つい我慢できずやってしまった。

「あ、失礼しました。で、ご用件は？」

「おいおい姉ちゃんよぉ。俺たちはBランクの冒険者様だぞぉ？」

「わざわざこんなとこに来てやって仕事してやろうって言うのによぉ。舐めた真似してんじゃねえぞ？」

あぁ？」

まったく面倒なことに巻き込まれた……。いやこれは自分で火を着けてしまった部分もあるだけになんとも言えない……。

今日に限ってギルドマスターも不在だし……。

「大変申し訳ございませんでした。で、ご用件は？」

「落とし前つけてくれよ。なあ？ ちょーっと外でイイコトしようや？」

「な？ わりぃようにはしねえからよ。ぎゃはは」

はぁ……。

本当にどうして、冒険者というのはこうも……。

どうしたものかと考え込んでいると、ふと一人の男が私を守るようにさっと前に立ってくれていた。

「なんだぁ？」

「いや、困ってるようだったから話を聞こうかと思ってな」

後ろ姿と、そしていつも一緒にいる相棒の姿でわかる。

ランドさん……。私にとって今、一番ありがたい存在が現れてくれていた。

「あぁっ!? 調子乗ってんじゃねえぞ！ クソテイマーの分際で！」

「俺らはBランクの上位冒険者様だぞ！ 偉そうにしやがっててめえ、何様だ!?」

ガラの悪い男たちにすごまれてなお、涼し気な表情でランドさんはこう答えた。

「一応Sランクパーティーの冒険者だな」

「あぁ!? Sランクって……はへ？」

「Sランク……!?」

「馬鹿野郎！ ハッタリに決まってんだろうが！ 相手はテイマーだぞ！」

「でもあれ、Bランクの魔物を引き連れて……」

さっきまでの威勢はどこへやらといった感じで、ランドさんの前にたじたじになる自称上位冒険者たち。

「どうしたら信じてもらえるかな……」

片目を隠して力なく笑う私の救世主。

「へっ！ 本当にSランクってんなら見せてみろや！ その実力をよぉ！ オラァ」

ランドさんの言葉をハッタリと思い込み、彼らの中で一番大柄な男がランドさんに殴りかかる。

だがその拳が届くことはない。

当然だろう。彼らが本当にBランクだったとしても、ランドさんはSランクのパーティーとして活躍する最上位の冒険者なのだから。

「レイ」

「キュウウウウン」

短く相棒の一角狼に指示すると、それだけで全てを理解した相棒が殴りかかってきた男を逆に組み伏せる。

「少しは信じてもらえたかな？」

「ひっ……」

「本物!?」

「す……すみませんでしたぁっ！」

脱兎のごとく逃げ出す三人組に背を向けて、ランドさんがこちらに笑いかけてくれる。

「えっと……余計なお世話だったかな？」

「そんなことありません！　ありがとうございます！」

精一杯の感謝と、ほんの少しの別の感情を込めてそう伝えた。その思いが伝わる気配はまるでないが……。

「よかった」

目の前の救世主はやはり、力なく笑ってくれていた。

たったそれだけで、私の先ほどまでの憂鬱な気持ちは吹き飛んでいくようだった。

「おいランド！　帰ってきてんならとっとと持ってきやがれ！」

「ああ、悪かったよ」

パーティーメンバーに呼ばれて走り出すランドさんを見て改めて願った。

いつかこの優しいテイマーが、本当に評価される日が来るようにと……。

「まあでも、ランドが連れてきたやつだからなあ……」

今まで以上の注目を集めた気がするが、とにかく応接室まで二人で向かった。

「こちらへ」

ニィナさんに部屋の中に通される。中にはすでに俺たちを待つ人間が座っていた。

「ギレン!?」

「久しいな。ランド」

応接室で待っていたのはギルドマスター、ギレン。

普段は忙しそうに飛び回っているのでここにいるとは思っていなかったのだ。

大柄の体軀。傷だらけの顔。鍛え抜かれた身体。

誰が見てもひと目に只者ではないことがうかがい知れる強者の風格を持った男が――

「さて、まずは詫びよう。俺がしっかりしていりゃお前は死にかけることもなかった。すまんな」

会って早々頭を下げていた。

「やめてくれ。らしくもない」

改めて頭を下げたギレンと向き合う。

むしろギレンのほうが心配なくらいだ。

「それより大丈夫か？　管轄下のSランクパーティーがあれって……」

「お前は怒りこそすれ心配する立場ではなかろうに……。だがまあ……セシルム卿のおかげで国を挙げての問題にはなっておらん。先に勇者認定を出していたらと思うとゾッとするがな」

セシルム卿。

この地域を治める辺境伯《へんきょうはく》だな。

でもそうか。ひとまずは問題ないと言うなら良かった。

「フェイドたちはどうなるんだ？」

「ん？　ああ。あれでもSランクパーティーだからな。悪いが追放はできん」

「いやいやそんなことは求めてないけど……」

心底申し訳なさそうにそう告げるギレン。

「ひとまず謹慎。パーティーは維持。だがロイグだけはもう看過できんかった。近いうちにあれには処分を下す」

「処分、か」

確かに、前回のギルドでのロイグの言動は問題になるのも頷ける話だ。

「ライセンスを剥奪する。当然騎士団にも戻れん。もうこうなってくるとあいつがいて良かったとすら思えるな」

「どういうことだ？」

「身もふたもねえ言い方をするならまぁ……尻尾切りだ」

「おいおい……」

誰かに聞かれでもしたら大問題だ。

「お前には悪いがあんまり大事にはできねえ、というより、したくねえってのが俺とセシルム卿の共通の見解だ。そしてロイグに関しては俺らに押し付けた国にも負い目がある。良いように使わせてもらう」

「なるほど」

ロイグについては仕方ないだろうな。

むしろロイグの過失を目立たせる形で収められて良かったというわけか……。

特にクエラは教会の顔だしな……。メンツを潰しにくいのだろう。

「他の三人はまあ、Aランクパーティーへ格下げだろうな。それだけだ」

申し訳なさそうにこちらを見るギレン。

別に気にしてないんだけどな。

「ですが、あの三人がこれまで通り活躍するのは難しいでしょうね」

ニィナさんがお茶を出してくれながら口を挟んだ。

ふと隣を見ると頬をリスのように膨らませたミルムと目が合った。ずっと大人しく待っていたかと思ったがなるほど。そういうことか。

「ふぁ、ふぁって！　ごくん。これは違うわ？　違うのよ？」

何が違うのかわからないがまあ本人が違うというのなら違うんだろう。

見なかったことにして話に戻った。

「三人じゃ活躍できないか？」

「うーむ……まあ並みの冒険者たちよりゃ、個々人がつえぇ。フェイドは単体でAランク相当の剣士だ。他の二人に至っては各組織のトップポテンシャル。次期Sランク……まあ本来なら賢者と聖女の筆頭候補だったからな」

そうだよな。

だがニィナさんがそれをぶった切った。

「三人がそれぞれベストなパフォーマンスを発揮できれば良いですが、そうならないことは間違いないです」

断言する。

そしてギレンも同意を示していた。

「ま、だろうよ。まともな前衛と、パーティーの補助役。自分らでこなせねぇ仕事が多すぎる。そして今こいつらに手を貸す上位の冒険者はまあ、いねぇな」

「ランドさんを置き去りにした件はもはや公然の秘密ですからね。彼らより強い人間は彼らを選びませんし、彼らより弱い人間はその噂を恐れて近づきません」

「なるほどなぁ……」

「まあ本人たちが足りないもんに気づくのに期待するしかねぇな。で、そろそろ本題に入ろうか」

ギレンが居住まいを正した。

この場にいた人間たちの視線がミルムに集中する。

それに合わせるようにミルムも食べるのをやめて背筋を伸ばす。いやまだ食ってたのか。よくそんなにお茶菓子あったな……。


「さてと。お初にお目にかかる。見たところ相当高位の魔族。話から察するに……ヴァンパイア、それも王族だろう？」

「見る目があるわね。その通り。ヴァンパイアロードよ」

「とんでもねえもん連れてきたな……」

ギレンが頭を抱えていた。

「なんだおめえ、可愛さにやられて眷属になったか？」

「眷属ならこの銀のスプーンも持てないだろ」

ティースプーンを持ちながら告げる。

「それもそうだな」

「私と彼は仲間よ」

「ほう……」

仲間を強調するミルム。

「眷属でなくても契約で結ばれているわ」

「お前、この子に何したんだ？」

ギレンの疑問はもっともで、俺も思っているところだった。

なんでここまで懐かれたのかよくわからない。

「まあいいか……ちょっとお前らには申し訳ねえことばかりになるが、悪いが素性はしばらく伏せてくれると助かる」

「だってさ？　ミルム」

「まあ、構わないけれど」

一般的なヴァンパイアとしての弱点はないわけだし、問題があるとすれば羽くらいだ。まあこれは俺も取得したしうまく言えばごまかせるだろう。

「やっぱり、人間にとってヴァンパイアは……」

「まあ、気にするやつもいる。特に国の上のやつらはうるせえのが多いからな……」

複雑だな……。

「まあそういう事情以上に、お前さんらに厄介事に巻き込まれて欲しくねえからって話もある。見てる限り人間と言い張って違和感がないなら、わざわざことを大きくすることはねえってこった。ランド、お前の力も表向きはテイマーのまんまだしな」

「ああ」

これはギレンなりの配慮ってわけか。

ミルムにとっては怖いとまでいう人間に囲まれてるし、俺もっとミルムの側に立って考えないとだな。

「で、戻ってきたらランドに頼みてえことがあった。これは多分、お前らにとってちょうど良い話だ」

「ちょうど良い？」

「なに、隠してたってそのうちバレる。そうなったときにめんどくせえやつらを黙らせるだけの材料があればいい。そうだろう？」

「どういうことだ」

「ヴァンパイアが怖い人間たちに見せてやりゃ良い。いかにヴァンパイアを敵に回しちゃなんねえか、味方でいることがどれだけ心強えことかをな」

「嫌な予感がするな……」

それだけ厄介な依頼だということになる。

「セシルム卿直々の依頼だ」

「それは……」

辺境伯直々となれば名誉なことだが、その分厄介であることは間違いない。

予想に違《たが》わず、その依頼内容はとんでもないものだった。

「竜の墓場の調査、および問題があればその対処だ」

「竜の墓場……か」

「竜の墓場……？」

ミルムには馴染みがないらしかった。

「北にある山岳地帯の一角に、昔勇者が討伐したと言われる巨大な竜の骸が眠ってる」

ミルムに向けて説明する。

「ふーん。人間にとって竜っていい素材なんじゃなかったのかしら？　なんでそのまま放置したのかしら？」

ミルムの疑問はもっともだ。

ギレンが答えを引き継いでくれた。

「でかすぎたんだ」

「でかすぎ……？」

「今になりゃ竜種相手でもな、倒すような力のある冒険者なら持ってこれるんだが……当時の勇者たちにはその技術もなかった。ましてやこれについては今の技術でもどうかと思うほどにはでかい。ちょっと格が違ったわけだ」

結果、朽ち果てるまで放置された竜の骸は、そのままその地に残された。

今となってはもはや竜の骨が地形の一部にもなっているほどだ。

そしてその竜の膨大な魔力が瘴気《しようき》となり、周囲は草木も生えぬ死の土地と成り果てている。

「定期的に神官が瘴気を祓《はら》ってたんだがな。今この地にいる最高神官はまあ、事実上謹慎中だ」

クエラのことだな。

ギレンが頭を抱えながら言う。

「というわけで、お前さんに白羽の矢が立ったわけだ」

「なるほどな……」

まあ確かに、聖女見習いであるクエラを除けば俺が一番向いてるだろう。

だが、一つ引っかかることがあった。

「調査はいい。だが問題の解決までは約束できないぞ」

「ちっ……細けえことに気づきやがる……」

「だから正直にお伝えした方が良いと言ったじゃないですか」

ニィナさんがたしなめる。

やっぱり何か裏があるらしい。

「仕方ねえ……この話は他言するなよ？」

「ミルム、大丈夫か？」

「私の話し相手は貴方しかいないじゃない」

「それもそうか……」

　ということで話を聞く姿勢をとる。

「ここ最近、竜の墓場はギルドの記録を遡っても例を見ない瘴気に包まれてる」

「もう異常があるのは確定ってわけか……」

「最悪の場合この依頼は……」

「ああ。ドラゴンゾンビ討伐依頼になる。それも、過去例を見ない最大級のやつのな」

　先に反応したのはミルムだった。

「面白いじゃない」

　ミルムはなぜか目を輝かせていた。

「ちなみに相手がドラゴンゾンビだとして、ミルムなら勝てるのか？」

「聞いた話だけでの判断だけど……一人じゃ無理ね。大きすぎるわ」

「じゃあ……」

「一人じゃ、と言ったでしょう？　直接戦ったのだからわかるわ。あなたとなら問題ない」

　過大評価だと思う。

「ま、俺もランドなら大丈夫だと思って言ってるからな。流石にいざドラゴンゾンビ討伐になったとしたらギルドをあげて討伐隊は作る。お前らだけで戦うのは本当によほど運がいいか悪いかってときだけだ」

「そうですね。ランドさんなら大丈夫でしょう」

「どこにそんな根拠があるんだ……」

ギレンもニィナさんも結構適当なところがあるからなぁ……。

「ま、何かあれば私がなんとかしてあげるわよ」

「頼むぞ……」

ミルムならなんとかしてくれそうな気もする。

信じてみるとするか。

「よし！　話は決まった」

「あとは……ミルムさんも冒険者に登録したほうがいいですよね？」

「冒険者……！　私もなれるのね！」

「もちろんです。我々は亜人を差別しません」

目をキラキラさせたミルムがこちらを見て言う。

「人間も捨てたもんじゃないわね！」

「まあ、気に入ってもらえたなら良かったよ」

むしろこれで驚くってことはミルムは俺の使い魔として動くつもりでもあったのだろうか。まあいいか。本人が喜んでいるようだしそのままにしておこう。

「すぐに登録試験を行いましょうか」

ニィナさんがテキパキ準備をすすめる。

「ミルム、大丈夫か？」

「何をするのかしら？」

もっともな疑問にギレンがニヤッとして答える。

「なに、簡単だ。訓練場でいっちょ暴れてくれればいい」

「それだけなのね」

「さっきも言ったが……」

「いいわ。ヴァンパイアの力に頼らずともやりようはいくらでもある」

「頼もしいこった」

そう告げたギレンに送り出されるように俺たちは訓練場に向かった。

◇◇◇

「おい！　あのランドの連れ、新人らしいぞ!?」

「ランドのやつパーティー抜けた途端あんな可愛い子を……」

「だがランドもSランクパーティーにいたくらいだし、育て直す気か？」

「そりゃまあ、いきなりついていけるような子は連れてこれねえだろ？」

「じゃあこれでお手並み拝見ってわけか」

ギルドの訓練場にはなぜかギャラリーができていた。

「モテモテね」

「どっかで聞いたなその台詞」

ミルムが気にする素振りを見せていないのでまあいいとしよう。

「で、何をすればいいのかしら？」

「登録試験では単純な出力を問うので、ご自身の好きな攻撃手段を持ってあのターゲットを攻撃してください」

訓練場の奥に浮かぶ球体を指してニィナさんが説明してくれた。

そのまま向かうかと思ったが、ミルムは振り返って小声で俺にこういった。

「ねえ」

「なんだ？」

「何となくだけど、あれを壊しちゃいけないことはわかるのよ」

「ミルムって意外なことに人間社会に理解があるよな」

「うるさいわね。で、どの程度でやればいいの？」

「そうだな……」

フルパワーなら壊れる。

本人が確認するくらいだ。やろうと思えば壊せるんだろう。

魔法はヴァンパイア特有の異質なものが多いことを想像すると無難なのは物理攻撃なんだが……

デコピンでミノタウロスが吹き飛ぶからな……。

「なんか武器とか持ってるか？」

「一応一族に伝わるナイフがあるわね」

「じゃあそれでいこう。壊れたら武器のせいってことで」

「なるほど。賢いじゃない」

観客には見えないように【宵闇の棺】からナイフを取り出すミルム。

「準備はできましたか？」

「ええ」

「それでは、好きなタイミングでどうぞ」

周囲の冒険者たちが見守る中、ミルムがナイフを構えた。

「やっぱりどっかから使い手を連れてきたってわけじゃなかったな」

「ナイフだもんな……魔法やら遠距離攻撃ができりゃ使いものになったかもだが……」

「だがあれ、ナイフはやたら業物《わざもの》だな」

「どっかの国の令嬢の面倒でも頼まれたかねえ。ランドのやつ」

ギャラリーの評価はこんな感じだった。

武器のせいにするとはいえこのあと度肝を抜かれるだろうな……。ミルムがどの程度手加減するかわからないが。

そうこうしているうちにミルムはゆっくりとターゲットの前までやってきていた。

「いくわね」

構えた次の瞬間にはもう、ターゲットは細切れにされていた。

「は……？」

「え……？」

「あれ？」

ミルムの顔に冷や汗が浮かんでいた。

思ったより脆《もろ》かったんだな……。

いや普通そんなことにはならないんだけど……。

「ニィナさん、あれちょっと古かったんじゃないですか？」

「えっ？　ああ……！　そうでした。おそらく以前までのダメージもあったかと……ですがひとまず暫定としては、ランドさんと同じく最高Bランクまでとして評価します」

ニィナさんが話を合わせてくれて良かった。

ただ新人がいきなりBランク向けの依頼を受けられる異例の措置にギャラリーは湧いた。

「すげえな!?　おめえあれ見てたか!?」

「あれが古かったって話だろ？　たまたまじゃねえのか？」

「じゃあお前、古いターゲット持ってこさせてぶっこわせんのか!?」

「なんにせよ大型新人だぞこりゃ！」

「ランドのやつやりやがったな！　あんな美人でつええ仲間見つけてくるなんてよ！」

焦った顔をしていたミルムだったが、なんとかなったことを悟ってからは得意げに笑っていた。

十五話　掛け違い

「聞いたか!?　竜の墓場だ」

宿に飛び込んできたロイグが叫ぶ。

「竜の墓場……？」

フェイドが顔を上げて、戻ってきたロイグを見上げる。

「ランドのクソ野郎が次に向かう場所だ！　俺たちも行くぞ！」

「私たちは実質謹慎中の身ですよ!?」

「ん……でも、活躍すれば汚名返上、できる」

フェイドたちパーティーは処分待ち。

慣例に従えば今勝手な真似はできないはずだった。

「竜の墓場の調査って話だったが、どうも最近の様子を考えりゃそれだけじゃねえのはわかる」

竜の墓場はSランクパーティーにとって注目すべき場所の一つだ。

ロイグを含め、全員がその様子くらいは把握している。

ギルドマスターギレンは口止めしたが、あれは情報に信憑性《しんぴょうせい》を持たせるためのフリでしかない。

上位の冒険者ならばある程度は把握しているのだ。ランドを含め。

そして今回、ランドにその特別依頼が発生したことで疑惑が確信へと、ロイグの中で変わった。

「どうも最近様子がおかしいだろう？　あそこは」

「そうだな……」

「噂じゃドラゴンゾンビの復活まで言われてるくらいだ」

「だがそれは毎年のことだろう？」

竜の墓場、ドラゴンゾンビの噂は刺激を求める人々にとって格好の話のネタだ。

フェイドの言うように、毎年のように話題に上がることではある。

「でも……ロイグがわざわざ持ってきたってことは……」

「ああ。今回は噂レベルじゃねえぞ。もしだ。ドラゴンゾンビが復活なんかしたら、聖女クエラの力が必要だろうよ」

「私ですか!?」

最高神官、聖女としての活躍を期待されるクエラであればドラゴンゾンビの討伐にはうってつけの存在であった。

現に問題を起こしていなければこの調査依頼はクエラのいるパーティーに降ってきたはずの仕事だったのだから。

「フェイド。お前はこのままでいいのか？」

「……」

フェイドの頭を駆け巡るのは幼少期の屈辱。

ランドに勝てなかった数々の思い出が頭をよぎる。

払拭したと思ってなお、今の両者の姿を思えばその差は残酷なほどに明白だった。

その思いが、フェイドの判断を狂わせた。

「万が一ドラゴンゾンビが復活したとなれば、クエラの力は必要だろうな」

「ん……ランドだけで勝てるはずがない」

「ですが一緒にいたという少女も相当に……」

「だぁっ！　お前が弱気でどうすんだ!?　ドラゴンゾンビだぞ!?　ほっといたら国も大変なことになるんだ。名誉なことだろうよ？」

クエラは渋るがもはや一人だけで変えられる流れではない。

「……みんなが、困る」

メイルが追い打ちをかけるように告げた。

「みんな……ですか」

「ドラゴンゾンビを倒せるとすりゃお前しかいねえだろう!?」

ロイグが念を押す。

クエラもしばらく悩んだ後、覚悟を決めた。

「……わかりました。やります」

「よし……行こう」

フェイドが立ち上がる。

「ん……」

「よーし！　これで俺たちの必要性をギルドにわからせてやる」

フェイドたちパーティーの方針が決まった。

ロイグの処分が決まり、ライセンス剝奪を伝える使者がやってきたのは、すでに四人が発ったあとだった。

十六話　旅路

「さて、行くか」

ミルムがターゲットをバラバラにしたことは瞬く間に冒険者たちの噂になっていた。

ただまあ、見た目の可愛さと俺の話題性が先行したおかげでヴァンパイアだとか魔族だという噂はまるで立たなかったのでよしとしよう。

まあそうだよな。戦闘モードに入りさえしなければ普通に可愛らしい人間にしか見えないから。

「腕がなるわね……！　どれくらい大きいのかしら」

「いやなんで戦う気満々なんだ……俺らは調査に行くだけだからな？」

頼むぞミルム。

それでなくても目の前にいるギレンたちは調子に乗りやすいのだから。

「なーに。倒しちまっても構わん」

「そうですね。ご活躍を期待していますよ」

「勘弁してくれ……」

そんなこんなで二人に送り出されるように出発することになった。

目指すのは竜の墓場。

「ミルムは移動のとき飛ぶのか？」

「え？　んー……まあ飛んだくらいで魔力切れは起こらないからそれでもいいけど、あんまり移動向きじゃないわね」

「そうなのか」

「ええ。短距離はともかくある程度距離を行くなら地上で行ったほうが体感が楽ね」

「なるほど」

そんなもんか。

「それより、前情報が欲しいわ」

「前情報？」

「眠っているドラゴンと、竜の墓場、あと調査依頼のやり方ね」

なるほど。

まあ話をしながらのんびり行くとするか。

「答えやすいやつからいくけど、調査依頼に決まりはない」

「そうなの？」

「ああ。あくまでこれは調査でわかった内容に報酬が出るもんだからな」

「なるほど。わかった情報の価値に応じてってわけね」

まあこれとは別に受けただけでもらえる基本報酬もあるし、最低限現地を見てきたことは伝える必要があるが、この辺りはもう信頼の問題だ。

なので基本的に、調査依頼は基本報酬がほとんど出ない集団調査と、信頼を持って依頼する特別調査に分けられている。

今回は特別依頼、信頼に傷が入らない程度には現地を見てくる必要はあった。

「で、竜の墓場とドラゴンだな……これは俺たちの間では寝る前に親から聞くような、有名な物語だ」

「私たちの始祖の伝説と同じかしら」

「そうかもな」

その昔、辺りの村々で恐れられる竜がいた。

竜は村々に一年に一度生贄《いけにえ》を求めた。

生贄がなかったり、生贄が気に入らなければ村に容赦なく災厄を振りまく。それを恐れた村はいつしか竜を崇《あが》め奉《たてまつ》る神として扱い始める。

ある日竜は気まぐれで近くにあった帝国に立ち寄る。

その国は村のように従順ではなく、当然竜に対抗した。

「そのときに活躍したのが勇者かしら?」

「いや、帝国と竜は戦争状態になったが、帝国側の戦力に際立った存在はなかった」

「そうなの」

「ただ、数の暴力の前に竜も満身創痍。そこに現れたのが勇者だ」

「へえ……あれ？　その言い方だと……」

「勇者は邪竜とともに帝国を滅ぼした」

勇者は村の次期生贄だった。

村々から集まった生贄たちは竜を崇め奉り続けたことで加護を受け、相当な力を持っていた。

もともと村々にとって竜は神様だ。それ以上に現実的な脅威として、帝国を警戒していたこともある。人々の目には竜の行動は自分たちを助けるように映っただろう。

「で、なんで竜は死んだのかしら？」

「もう帝国との戦争で限界を迎えたとも言われているし、生贄たちが死なないために決戦に持ち込んだとも言われてるな」

「何それ」

「所詮《しょせん》物語だからな」

諸説有りというやつだ。

竜が徹底して村の味方として描かれたものもあるし、邪竜として常に敵として描かれるものもあるような状況だった。

「何はともあれ竜は死んだわけだ。というより、死んだ竜と帝国があったこと、あとは勇者と呼ばれる人間がいたことだけはわかってて、後のことはわからん」

「適当なのね」

「そんなもんだろ？」

「私たちは始祖が自分で喋って伝えたから……って言っても確かに、何がほんとかなんてわからないわね」

寿命の問題で違いはあっても結果は同じというわけか。

「で、竜の墓場についてだな……これが一番説明に困るんだが……」

どこから説明すればいいものか。

俺も一応情報収集はしていたから、ギレンが言うまでもなく異変が起きていることはわかっていた。

さすがにドラゴンゾンビ発生の危機とまでは考えていなかったが、噂自体は例年通りよく聞いていた。

「ずっと瘴気が溢れる危険な土地として認識され続けている。だがここでしか現れない魔物とか、竜の骨から得られる薬とかを求めてたまに冒険者が行くことはあるっていう場所だ」

それこそSランクパーティーでもなければ来ることもない土地だが。

瘴気が濃すぎてダンジョン深部と同じくらい体力を削られるからな。

「常に何か起こりかねない場所として噂の種になってる場所でもある。で、こうして定期的に俺たちが送り出されるわけだけど」

「結局どんなところかは行かないとわからないわけね」

「そういうことだ」

そんな話をしながら、なんだかんだ楽しく竜の墓場までの道のりを進む。

正確には村や街を中継していくことになるんだが、その最初の目的地となる街が見えてきた。

「そうだ。ミルムって食事とか、どうなってるんだ？」

「安心して。別に血を飲みたいなんて言わないわ」

「それは良いんだけど、人間と同じもの食ってて問題ないのか？」

さっきあれだけ美味しそうにお菓子を頬張っていたことを考えると問題ない気もするが……。

「んー、そもそも私は食事というものは基本的に必要はないのよ」

「便利な身体だな!?」

「その代わり、魔素を食らう。この辺りは魔族や魔物に近いかもしれないわね。で、その中でも効率よく私たちの養分になるのが血というだけよ」

「だったらやっぱり血はあったほうがいいのか」

必要なら提供するのは構わないんだがと思っていたんだがそれすらミルムにはいらぬ気遣いだっ

たらしい。

「人間の一般的な食事だって魔素は取れる。というより、わざわざ食事という行為を取らなくても私は生きていけるわ。使い魔に魔素を回収させたって良いのだから」

なるほど。

この辺りは本当に全然違う生き物なのだと思わされるな。

「じゃあ別に食事は必要ないのか」

「そうは言ってないわ！」

「お、おお……」

食い気味に迫ってくるミルムに思わずたじろぐ。

「人間の食事は素晴らしいわ。特にあのクッキー、素晴らしい発明よ。力を感じるもの、あれを摂取するだけで」

「お気に召したのか」

「ええ。それ以外にも……そもそも食事を必要としない種族にはああいったものを美味しくする工夫がないの。だからなんだって食べるわ」

「そこまでか」

そうか。

ならせっかくだ。

「次の街は各地から特産品が集まる栄えた場所だから、少し寄っていこうか」

「いいわね！」

俺の腕を摑んで楽しそうに笑うミルムとともに、アデネの街を目指した。

◇◇◇

「へえ。すごい人ね！」

「大丈夫か？」

「そんなに気を配ってくれなくてもいいわよ。あからさまに敵意を向けてこない限りは」

「そんなもんか」

「ええ。物珍しそうに見られたりすれば心配にもなるけれど、今の私は人間として受け入れられているようだし、ここには私よりわかりやすい亜人もたくさんいるじゃない」

ミルムの言葉通り、周囲には見るからに獣人《じゅうじん》の特徴を持った者や、人間とは全くサイズ感の違う者まで、様々な亜人が往来を歩いている。

「こんな状況で警戒するほうが馬鹿らしいじゃない。でもそうね……心配なら……」

突然俺の腕にしがみつくミルム。

「こうしていれば自然に見えるんじゃない？」

「そうか……？」

むしろ嫉妬の眼差しが俺に突き刺さってさっきより居心地が悪い。

「そうよ！　さあ早速行きましょう！　どんな美味しいものがあるのか教えて！」

そんなことより美味しいものを求めることに夢中のミルムは我先にと俺の腕を引いて人混みをかき分けていく。

「急がないでもうまいものは逃げないから……」

「見て！　あれ美味しそうじゃない？」

「わかったからちょっと待てってて！」

ミルムに振り回されながら屋台の立ち並ぶ通りに向かっていった。

十七話　竜の墓場

寄り道をしたり、道中で飛ぶ練習をしたり、レイを移動手段として使えないか考えたりと、色々試しながらようやく目的地にたどり着いた。

ただそのおかげもあって後半は、二人でレイに乗って移動ができたのでかなりの距離を稼げた。割とあっという間の道中だった気がする。

「ここね」

「お疲れ様」

『キュオオオン』

頭を撫でてねぎらってやると嬉しそうに吠えた。

ミルムもレイを撫でてやっていた。

「にしても……思ったよりひどいな……」

「そうなの？」

「ああ。一回見に来たことはあったけど、あのときはこんなひどくなかった」

ひどい、と言ったのは瘴気のことだ。

前に来たときは薄紫のオーラが辺りを包むくらいで、景色も向こうまで見渡せていた。

今はもはや、どす黒いと言っていいほどの瘴気が辺りを覆い、ここからではドラゴンの骸すら確認できない状況だった。

「瘴気が増すのって、なんか理由があるのか？」

ミルムなら何か知っているんじゃないかと思って聞いてみる。

「ん？　んー……そもそも魔力を持った生物の死体をこんな形で放置しておくとだいたいアンデッドになるけど、この子は無理やりそれを押さえつけられてたのよね？」

「まあ……そういうことになるのか？」

押さえつけていたという発想はなかったが確かにアンデッド化しないための対策はしてあっただろう。

ということは押さえつけていたものが溢れ出しているということか？　わざわざギルドが、いやギレンが俺に調査依頼を出した理由がなんとなくわかってきたな……。

「もともと持っていた魔力が強すぎたからだと思うけれど、まだ溢れるわね、これ」

「流石に放置はできないな……」

瘴気が濃くなればその力をもとに強力なアンデッドが生まれる。

竜の墓場自体は草木も生えぬ土地だが、それでも周囲は森が覆い囲んでいる。周囲の動物たちや魔物、ときには冒険者たちが迷い込んでアンデッド化することもあるのだ。

強力なリッチとか生まれたらそれこそ、魔王クラスになりかねないしな……。

気を引き締めよう。

「まあでも、一応対策はしてるのね」

ミルムが指し示したのは神官が置いた魔道具だ。

「あれが一応瘴気の流れを作って、あえてこの辺りの弱い生き物や魔物の死体に与えているわね」

「それ、アンデッドが大量生産されないか……？」

「アンデッドになるためには与えられた瘴気に対してもともとの個体としての保有魔力や強さが必要だから。あれならただ吸った瘴気に自分ごと溶かされて終わるわね」

「なるほど」

賢いな……。

ただそれなら……。

「どうして今瘴気が溢れているのか、よね。これについては例のドラゴンの保有魔力がなくなりかけてるから、っていうことになるでしょうね」

「なくなりかけてるのに増えたのか？」

「ろうそくは最後に火を強める。瘴気もそういうもの」

「じゃあほっとけばこの地は問題ないか……」

「放っておけば、ね。一歩間違えればこの瘴気を集めたドラゴンがアンデッドになる微妙なバランスで成り立っているけれど」

ミルムを連れてきて良かったな。

俺だけだと状況の報告しかできなかったが……。

「俺たちにできる手立てはあるか？」

「そうね……手っ取り早いのは瘴気をドラゴンに寄せて復活した瞬間叩くことね」

「却下だ」

「そう言うと思ったわ……」

そうさせないために来てるのに手を加えたら本末転倒だ。

「というか、瘴気をドラゴンに寄せるとか、できるのか」

「あら？　興味が湧いたかしら？」

「違うわ！」

「ふふ。まあ私も一人じゃどうかわからないけど、あの魔道具を使えばできるわね」

ああ……。

なるほど。もともと瘴気を流すための魔道具があるならドラゴンに向ければそれで……。

「ま、それ以外ってなるともう、この瘴気をちょっと払うなり、私がもらうなりして減らして、あとはドラゴンの状況確認。そしてドラゴン以外の依代《よりしろ》の排除ね」

「ドラゴン以外、か」

「万が一こんなところで賢者でものたれ死んでたらリッチが生まれるわよ」

ミルムも俺と同じ懸念は抱いたらしい。

恐ろしい話だ……。

「まあじゃあ、改めて調査だな」

「ええ。ちなみに瘴気は宵闇の魔力と同じよ。貴方でも慣れればコントロールできるわ」

「そうなのか」

「慣れればね」

そう言うと目の前に手をかざし振り払う素振りをするミルム。

それだけで瘴気が左右に分かれて道を開けた。

「すごいな……」

「減らしたり全体の流れを変えるのはともかく、このくらいはすぐね」

「だと良いが……」

ミルムについていくように瘴気がなくなった道を進んでいった。

◇◇◇

「まぁ、瘴気の量で想像はついていたとはいえ……大きいわね」

竜の骸、その顔面部分に到達したところでミルムが呟いた。

見上げるその顔面部分だけで、二、三階建ての建物レベルの大きさがある。

全体像は見渡せないほど巨大だった。生前がどうだったかなどもはや想像すら難しい大きさだ。

「で、ミルムの見立てで、どのくらい持つ？」

「ま、余計なことをしなければ数十年ね。で、数十年もすれば竜の魔力の方が尽きるから、百年後には元どおりというところかしら」

「ということは……」

「この地への立ち入りを禁止するとか、そんな対策でいいんじゃないかしら」

「良かった」

とりあえず何事もなく調査を終えられそうだし、対応策としても問題ないだろう。

「あとはこの辺りで他の依代がないかの確認ね」

「それについては俺が役に立てそうだな」

範囲に向けたネクロマンスを何度かやりながら歩けば周囲で死んだ魔物や迷い込んだ動物の死体も除霊ができる。

反応があればそこに行って死体の処理をすればいいってわけだ。

「じゃ、回るか」

「ええ」

ミルムが手をかざせば瘴気は道を開けるように切り開かれる。

その瘴気のトンネルのような中を通って、竜の墓場の調査は順調に進んでいった。

十八話　愚策

ランドたちが到着してしばらくしてから、四人の冒険者が竜の墓場に足を踏み入れた。

「くそ……ランドのやろうなんだあれは!?」

「フェンリル……」

「馬鹿な……！　あの犬はただの一角狼だったはずだぞ!?」

「存在進化……でしょうか。伝説に残るテイマーには使い魔の進化を促進するものも……」

「馬鹿野郎！　ランドが伝説に残るようなテイマーなわけねえだろ」

四人の、特にロイグの頭ではランドは使えない雑魚という認識がこびりついて離れなくなっていた。

いや正確には、その認識を改めるわけにはいかないのだ。それを認めた途端、自分たちのあのときの判断ミスを突きつけられることになるから……。

考え込むと余計なことに思考が引っ張られると考えたフェイドがパーティーの先頭に立って先を促した。

「とにかくドラゴンのほうへ。まず確認をしないとな」

「けっ……ランドの野郎が余計なことをしてねえといいけどな」

「ですが……私たちが以前来たときとは比べ物にならない瘴気ですね……」

クエラは正式に依頼を受けていたなら、この瘴気を払いきれたかと自分に問いかける。

答えは出なかった。

少し前のクエラなら正確な答えを出せたかもしれない。答えは客観的に見れば、不可能だった。

だが今の彼女にとって、それを認めること、それを実行することはあまりにも、彼女の、そして背負った組織のプライド上、許されなかった。

彼女の胸の奥底に芽生えるべき本来の答えは、「自分一人でなく、何人かの神官を連れてくれば完全に瘴気を払える」というもの。だがその答えは心の奥底にしまい込まれて本人にも探し出せなくなった。

今の彼女に人に頼る余裕は、色んな意味でなくなっていたから。

「よっしゃ！　行くぞ！　俺が前だ！　今度は遅れんじゃねえぞ!?」

「待てロイグ!?　少しでも離れれば見失うほどの瘴気だぞ!?」

「だから遅れんなって言ってんだろ。おら！」

フェイドの制止も聞き入れずぐんぐん進むロイグになんとかクエラとメイルはついていった。

殿をフェイドが務める形で進む。

ランドたちとは対象的に、視界を奪われた不安定な竜の墓場調査が幕を開けていた。

◇◇◇

「さて、とっととやっちまおうぜ！　なぁクエラ!?」

竜の骸。

その巨大な頭蓋骨を無遠慮にバンバンと叩きながらロイグは言う。

「ロイグ？　何をするつもりだ!?」

あくまでここに来た目的は調査のはず。

だというのにロイグの様子はまるで調査をしに来たものではなかった。

「ああ!?　フェイド。今の俺たちの状況を考えろ」

「状況……？」

「あろうことかあのクソ雑魚ランドのせいで俺たちは今やSランクパーティーの資格を剝奪される危機にある」

「まさか……」

ロイグの言葉はフェイドにとってみればあり得ない話。いや、考えたくなくて頭から排除していた話だった。

意図してその可能性を頭から排除していたことに、今になってようやく気付かされていた。

「ん……フェイドはともかく、ロイグはもう冒険者じゃいられない」

「だぁっ！　っるせーんだよ！　どのみち前衛なしじゃてめえらも大したことできねえだろうが!?　違うか？」

「それは……」

フェイドは押し黙って考える。

メイルの言う通り、ロイグの立場が危ういものであることは当然意識をしていた。

だが一方で、自分は大丈夫だと甘く見ていた部分がある。

ロイグなしで……。

間に合わせとはいえ前を張っていたランドもいない中、自分が前衛として二人を守るような立ち回りを求められれば、まず十分な力は発揮しきれない。

二人もそうだろう。不安定な前衛では十分にポテンシャルを発揮できないことは、ランドなしに抜けようとしたあのダンジョンで痛いほど思い知っていた。

なんならここへ来るまでの道中ですら、様々な場面で苦戦を強いられる羽目に陥っていたほどだ。

戦闘以外の雑務も含め、嫌でもランドの存在を意識させられ続けた道中だった。

フェイドは意地になってその雑務をこなしてきた。

それもひとえに、パーティーメンバーにランドの必要性を認識させないためだった。

「状況はわかるが、それと今何が……」

「ったく……お前は本当、俺がいねえと今もBランク止まりだっただろうな！」

「くっ……」

フェイドもわかっていた。

ランクを駆け上がるためのあの手この手の技術は圧倒的にロイグにあった。

評価を上げるための依頼の選び方、依頼達成の優先度、ときには成果を大きくするため時期をわざと遅らせることすらあるほどだった。

それはフェイドにはなかった知恵だったし、フェイドだけでは実行しようと考えもしなかった手段だった。

この一瞬のためらいが、パーティーの主導権をリーダーのフェイドからロイグに移らせることになった。


ロイグが得意げに言葉を続ける。

「いいか。もうこうなりゃ俺らは災厄級のモンスターでも倒さん限り終わりだ」

パーティーメンバーのこの点に対する考え方はそれぞれだ。

中でも危機感が最も強いのはロイグ。

自分でこのあとどうなるかがわかっている。ギルドも王国も、ここまで問題を起こした自分を庇い立てすることはないだろう。むしろ体《てい》の良い人柱《ひとばしら》として、こいつらに被害が及ばぬよう自分に必要以上の罪をかぶせてきたっておかしくはない。

　ロイグ自身、自分がギルドのトップであったならそうしたであろうという確信があるのだ。

　だからこそ謹慎中という状況にもかかわらず必死に情報を集め、仲間を焚きつけ、今ようやく目前に災厄のタネを見つけたところだった。


「ん……」

　メイルは正直、どちらでも良かった。

　ただ自分の誘いを断ったランドに、多少思うところがあるという程度。

　組織に戻れば天才ともてはやされた自分の居場所はまだある。未だあそこの技術は実戦で磨かれた自分のそれには遠く及ばないのだ。

　だが組織で毎日研究をするより自分にはこの実戦を繰り返すことができる今の環境の方が少しだけいい。それだけだ。


「仕方ないか……」

　ロイグの次に危機感があるのはフェイドだ。

　いつの間にか、いやいつも通りだろうか……ランドに差をつけられていることが何よりもフェイドの心をかき乱していた。

冒険者を始めて以来、その差は埋まったと、いや完全に逆転したと思えていたというのに……。

「待ってください！　まさか……まさか皆さんはわざわざこの災厄級の魔物を……」

クエラを悩ませるのは自身の立場だった。

教会の誇る最高神官。まだ正式になったわけでもないというのに、奇跡の聖女と呼ばれるようになった自分の地位が、今の処分を受け入れがたいものにしている。

だが一方でランドの件を含め、彼女の中に良心はある。むしろこのパーティーで最も、いや今や唯一良心を持つのが彼女だ。

だが常に付き纏《まと》う自身の立場ゆえ、ときとしてちぐはぐな行動に出る。

自分の評価を下げることは教会の評価を下げること。当然ながら今のままで良いとは思っていない。

だから、ロイグはそこにつけ込んだ。

「このまま仲間を見捨てた残忍で史上最低の聖女として名を残すのか？　それともここで、災厄級、史上最大級のドラゴンゾンビを倒した英雄、名実ともに奇跡の聖女の地位を固めるのか。選ぶのはお前だ」

「それは……」

クエラの頭に浮かんだのは、教会で自分を育ててくれたシスターたちの顔。そして自分を慕う幼い孤児たちだった。

彼らが慕うのは聖女としての自分だ。

そして今、自分は……。不甲斐ないことにまるで彼ら、彼女たちの期待に応えられていない。

ロイグの言う通り、ここで挽回しなければ事実上自分のアイデンティティは崩壊する。

そんな危機感が彼女に残った最後の良心を打ち消してしまった。


「やります」

「よぉーし！　なーに。どうせ何百年も経って大したもんにならねえだろ！　今ならランドがヘマして起こしたってことにできる」

「ん……」

「できるか？　クエラ」

「はい。起こすことは問題ないです。確かにロイグさんの言う通り、何年も経っているため大きな問題にはならないとも……」

「そういうこった！　でかいだけ！　見掛け倒しだ！」

クエラが神官の設置した装置に手をかざす。

そのまま祈りを捧げるようなポーズをとると、周囲に渦巻いていた瘴気がみるみる吸い込まれるように竜の骸へと流れていく。

「どんくらいで終わるんだ？」

「ドラゴンゾンビになるのに必要な瘴気はすぐにでも……その後目覚めるまでに少しかかるくらいですね」

「そうか。よし、じゃあ戦闘準備といこうか」

「これでほとんど大丈夫だと思いますが……」

本当にわずかな時間のうちに作業は終わる。

クエラの目で見て、もうドラゴンゾンビ復活には十分な瘴気を与えられた。これ以上の介入は行う必要がないと考えて、装置と自分の魔法を解除しようと思ったところだった。

「なっ!?」

突然クエラが表情を歪めて叫んだ。

「どうしたクエラ!?」

「瘴気のコントロールを奪われました！　これは……こんな強さって!?」

魔法に干渉される形となったクエラに苦悶の表情が浮かぶ。

それと同時にクエラは驚愕した。

はじめは目の前のドラゴンにその主導権を奪われたのかと思ったが、まだ目覚めてはいないし、そんな力もない。

だとすればこれは、外部に何か、自分を超える存在がいることにつながる。

「ちっ……邪魔が入ったってことか？」

「そもそもランドたち以外に近くに誰かいるなら、今俺たちの姿を見られるのはまずいぞ!?」

「わかってる！　おいクエラ！　これで復活はするんだろうな!?」

「はぁ……はい……」

「よし。なら良い」

苦しげにうめくクエラをロイグは気にすることはない。

メイルもまた、今の状況に必要なことだけを淡々とこなしていた。

「四人の姿は見えなくした。気配は自分で断って。あとはすぐここを離れる」

「だがドラゴンゾンビはどうする!?」

フェイドの問いに答えたのはロイグだった。

「近くにはランドがいるんだろ？　ランドの雑魚がやられたところで行きゃあ良いだろうが」

ロイグの顔が残忍に歪む。

「そのくらいの強さはあるだろ？」

問いかけられたクエラはとっさにこう答える。

「え？　はい……ランドさんが単体で勝てるとは思えませんが……」

「ならちょうど良いだろ」

何もかも思い通り。

ロイグにとって理想的なシナリオが出来上がっていた。

このときの四人はまさか自分たちがドラゴンゾンビに負けるとは思っていないし、ランドに負けるとも思っていなかった。

ランドがミノタウロスを倒した事実など、少なくともロイグの頭には残っていない。いや正確には、はじめから信じていなかった。

メイルとクエラもフェイドより立場が良いと感じて寝返りを打診したものの、ランドの強さについては過去の記憶が強く残る。

「今度は助けます……ランドさん」

そんなことを本気で思うほどに、四人の心は醜く歪んでしまっていた。

十九話　ドラゴンゾンビ

そう言われて地上に降り立つと、確かにもう誰も人の気配はなくなっていた。

魔法の痕跡まで消えているほどだ。

「さっきまでここにいた気がしたけど、相当高度な魔法ね」

一体誰が……。

いやそれよりも竜の骸が心配だ。

「見た感じ、大丈夫なのか……？」

「いえ……」

見た目だけなら変化のない竜の骸だったが、ミルムの目には違った形で映っていたらしい。

「瘴気を吸いすぎてる。もう多分……ドラゴンゾンビになるには十分くらいに」

「今から打てる手立ては？」

「逃げた……？」

「逃げたわね」

「こうなるともう、なるべく吸い込む瘴気を減らしておくくらいしかできないわね……。すでにドラゴンゾンビは生まれてる」

まじか……。

「眠りから覚めた瞬間この世に形を持って現れるようなイメージだから……起きた瞬間に叩くしかないのよね」

「目を覚ますのは……？」

「早ければ数分後、ね」

討伐隊を編成する時間はないな。

「私たちでやるしかないわね」

「実物を見て、倒せそうか？」

「そうね……倒す必要もないんじゃないかしら？」

「え？」

思いがけない言葉に固まる。

「この子、目覚めたってそんなに長く生きられないはずよ」

「そうなのか？」

アンデッド系は一度生まれれば死なないことが特徴だと思っていたが、そうではないらしい。

「放置されていた期間が長すぎるし、象徴となる身体も残されてない」

「この骨はダメなのか？」

「これ、本気で殴ったらどうなると思う？」

竜の骸を指して聞いてくる。

まあ、見た目にもうボロボロになっていることを考えれば……。

「壊れるな」

「そう。もうこれは使い物にならない」

さらにミルムが続ける。

「ドラゴンゾンビとして、おそらくはこの身体を依代にしようとはするでしょうけど、長くは持たない。呼び出された魂も瘴気を使い果たせば終わりね」

「もしかしてこれ、ほっといても何とかなるのか？」

「……依代と想定される骨が持つのはおそらく三十分。仮に放っておいても、近くの街が一つ滅ぶくらいで済むわ」

「それはダメだろうなぁ……」

だが三十分。それだけ持てば、倒せなくとも何とかなるというわけか。

「依代さえなくなれば不安定な精霊状態にしかなれない。そうなったときがあなたの出番ね」

「え？」

「ネクロマンス。竜がいれば便利じゃない？」

軽々しくそう告げながらミルムが準備運動を始めていた。

いやいやおい……。

俺、こいつをネクロマンスすることになるのか……？

ミルムが俺の疑問に答えてくれる様子はなさそうだった。

◇◇◇

——ゴゴゴゴ

「来たか……！」

しばらくして、観察していた竜の骸に動きがあった。

いや正確には竜の墓場全体に関わる大きな変化をもたらしている。

周囲の森を巻き込んで辺り一帯の大地を揺らしていた。

「よしっ！　やるわよ」

ミルムが立ち上がってドラゴンの骸を睨みつけたあと、すぐに振り返ってこちらへ呼びかけてくる。

「ちゃんと覚えた？」

ミルムがいうのはスキル【黒の霧】と【夜の王】。特に【黒の霧】についての使用方法だ。

わずかな時間ではあったが、ミルムに改めてこの二つのスキルの使用方法をレクチャーしてもらっていた。

ユニークスキルだけあり扱いが難しい。【白炎】や【雷光】のように、ただ唱えればいいというものではないことがわかった。

一つのスキルでできることが多いため感覚で使いこなせないのだ。一つ一つ教えてもらえて良かったと思う。

「なんとか霧化は覚えたかな」

「上出来ね」

今回の攻防の優先順位は死なないことと、ドラゴンゾンビを街へ到達させないこと。

それに合わせて今できることに絞って教えてもらった。

中でも最も使い勝手が良い防御スキルとして、【黒の霧】を利用した【霧化】を取得できたのが大きな収穫だろう。

自身の身体を文字通り霧のように霧散させ、一定時間物理攻撃を無効化するという、この間までの俺から考えればチートもいいところなスキルだった。

これで能力の一部でしかないんだから……恐ろしいな、ユニークスキル。

「三十分。なるべく気を引いて、死なない立ち回りをすること」

「わかった……！」

気を引き締める。

ドラゴンゾンビ、それも過去類を見ない最大級の相手。対してこちらは二人だけなわけだ。

正面から倒す必要はないとはいえ、街に進んでしまえばそれは事実上負けを意味する。

三十分という時間は、これから生まれる化け物にとっては街一つを滅ぼすのに十分過ぎる時間だ。


「来るわ！」

ミルムが叫んですぐ変化は起きた。

竜の骸が紫の光に包まれ、巨大な魔力が辺りに渦巻き始める。

そして――

『グルァアアアアアアアアアアアアア』

ビリビリと周囲の景色ごと震わす咆哮が竜の墓場に轟《とどろ》いた。

「くっ……」

咆哮だけで周囲の木々を地面ごと揺らすほどの強大な存在。

咆哮で震えていたはずの身体だが、その震えは咆哮がおさまってからも止まることがない。

「これが……ドラゴンゾンビ……！」

ミルムの見立て通り、自身の残った骨を依代とした見るからに凶悪な見た目をしたモンスターが姿を現していた。

もちろん骨はパーツごとに全て揃っているわけではない。その足りない部分を魔力と瘴気によって無理やり補った結果、灰色や濁った紫のただれた肉体がむき出しの骨と絡み合い、異形の魔物を生み出していた。

「くっ……！」

とんでもないオーラだった。

見た目の恐ろしさも相まってか、身体が言うことを聞かなくなっていた。

硬直した身体をなんとか動かそうとするが目の前の異形のドラゴンから目を離すことができなくなってしまう。

そんな俺をめがけて飛んできたドラゴンゾンビの爪が目前に迫ってくる。

『キュオオアアアア！』

『グモォオオオオ！』

レイとエースが間に入るようにその爪を弾いた。

「ありがとう！」

そのまま二匹の咆哮がドラゴンゾンビの咆哮を跳ね返す。

おかげでようやく身体が自由に動くようになった。

初撃を弾いた後もドラゴンゾンビの攻撃が襲いかかってきていたが、すぐに霧化をして攻撃を躱した。

「おお……！」

いきなりの実戦だったがうまくいって良かった。

自分の身体をすり抜けていくというのは不思議な感覚だが。

だが感動している暇などない。

「今のスキルは【威圧】の上位互換スキルね。また来たときは気をつけて！」

「ありがとう」

それだけ言うとミルムは素早く羽を広げて飛び上がる。

同時にミルムの周囲を黒い魔力が覆い隠すほどに溢れ出した。

「宵闇の魔力が貴方だけのものではないこと、見せてあげるわ」

ドラゴンゾンビとミルムの視線が交わった瞬間。

「食らいなさい！」

ミルムの身体から黒い魔力がほとばしる。

そのままその黒い魔力の塊が、雷のようにドラゴンゾンビに降り注いだ。

『グルァアアアアアアアアアアアアア』

「効いてるな」

「油断しないで」

「っ!?」

ミルムの声を受けてすぐに覚えたての霧化を行う。

危なかった……。霧になった俺の身体をドラゴンゾンビの尻尾が真っ二つに切り裂いていた。

今の俺にはミルムのように常時【霧化】を発動する力はない。こうして要所要所で使うしかないのだ。一層戦闘に集中しないといけない。

いくら味方《ミルム》が強いとはいえ、だ。

「今のでようやくこちらにターゲットを移させた程度。倒そうと思わなくていいわ。三十分、いえ、相手に魔力を消費させればもっと短く済むからそれを狙うわ」

俺より圧倒的に強いミルムが倒そうと思っていないことがそのまま、ドラゴンゾンビの強さを表していると言えるだろう……。

いやそれより……。

「魔法攻撃を引き出すって言ったけど、霧化って魔法攻撃には……」

「モノによるけどほとんど効かないわね！」

「だよな!?」

なぜか楽しそうに非情な事実を告げるミルム。

ドラゴンゾンビに派手な魔法をぶつけ続けながら、満面の笑みを浮かべていた。

あれか……？　封印されてたって言ってたし、鬱憤《うっぷん》が溜まってたんだろうか……？

そう思うと俺と戦ったときにこの勢いで来られなくて本当に良かったと思う……。

『グギャァオオオオオ』

「うるさいわね！」

『ギャァアアアアアア』

もちろんミルムの攻撃をドラゴンゾンビも黙って受け続けているわけではない。ちょこちょこ尻尾やら爪やら牙やらといった物理攻撃は繰り出すが、どれもミルムに届く前にミルムの魔法に撃ち落とされるように弾かれているのだ。

これ俺、要らなかったのでは……？

「口の中がガラ空きね」

『グギャルァアアアアア』

今もまた噛み付こうとしてきたドラゴンゾンビの口の中にミルムの魔法が撃ち込まれていた。

全く勝負になっていない。

「楽勝ムードだな……」

もちろんもう油断はしないのだが、それでもそう口をついて出るくらいには、ミルムが圧倒的だった。

多少余裕を感じたところで、ドラゴンゾンビの動きに変化が起きる。

分が悪いと感じたのかドラゴンゾンビが反転したのだ。

「やりすぎちゃったわね」

「言ってる場合か！　【雷光】！」

すぐさま手を打った。

もちろんミルムのほうも何かしら考えてはいただろうができることはやる。

『――!?』

ドラゴンゾンビのわかりにくい表情がそれでも多少の驚きを見せる。

雷光を発動すると上空を黒い雲が包み込んだ。行く手を阻むように現れた雲に戸惑うドラゴンゾンビは、その戸惑いの分だけ反応が遅れた。

『グギャァアアアアアアアアア』

雷がその巨体を襲う。

多少はダメージがあったようだ。

「流石賢者の魔法だな……」

「やるじゃない」

一瞬でもこうして時間を稼げばミルムが引き継いでくれる。

だが、それまでの楽勝ムードはもう維持できないようだった。

「へぇ……ようやくちょっと本気を出してくれるそうよ」

再び反転したドラゴンゾンビは、それまでのものと雰囲気が異なっていた。

「今まではもしかして、手加減されてたのか……？」

目から怪しげに紫の光をほとばしらせ、その余波のように体中からモヤのような黒紫のオーラを漂わせているドラゴンゾンビを見て言う。

「手加減というより、魔力を失いたくなかったんでしょうね」

「なるほどな……」

魔力を失えば活動時間が減る。

それを嫌がって今までは物理攻撃だけで済ませてくれていたというわけだ。

「ここからが本番ね」

楽しそうに笑うミルム。

「ちなみにこいつ、何のために動くんだ……？」

アンデッドの行動原則は基本的に未練と言われている。

だがもうこのアンデッドとなったドラゴンが相対した帝国はないはずだ。

「擦り込まれてるのは人への憎しみってとこかしら？」

「なるほどな……」

ミルムより俺の方が囮に向いてるってわけか。

道理でミルムの攻撃からは逃げたというのに、俺の攻撃程度でこちらへ向き直ってくれたわけだ。

「来るわ」

ミルムの声の直後、ドラゴンゾンビの目が怪しく光を見せる。

——次の瞬間

「なっ……!?」

『グルァアアアアアアアアアアアアアアアアアアアアアアアアアアア』

咆哮と同時にドラゴンゾンビがその瞳だけでなく、体中から光をほとばしらせはじめたのだ。

本能的にまずいと思った俺はまずレイとエースに指示を与える。

「くっ……!? 【宵闇の棺】! レイ! エース! お前ら収まるまで入ってろ!」

二匹が心配そうな顔をしながらもすぐに言うことを聞いて姿を隠す。良かった。少しでもタイムラグがあればお互いに危なかったはずだ。優秀な使い魔で助かる。

二匹が消えた次の瞬間、ドラゴンゾンビの身体から無数の紫の光の筋が飛び出してきていた。

「くっ!?」

幸い精密な狙いまではつけられないようで、俺はほとんど動くことなくその攻撃を躱しきった。

「馬鹿にできない威力だったわね……」

ミルムも【夜の王】で生み出したコウモリのような黒い塊が身を覆いその攻撃を防いだようだった。

「なんだこれ……」

光を浴びた森の木々が一瞬で腐り落ち、光が収束したところで大きな爆発を起こしていた。

そんな凶悪な光がドラゴンゾンビの身体を起点に全方位に放たれたのだ。

俺とミルムは無事だったが、この攻撃は思わぬところにまで被害をもたらしていた。

「ぎゃあああああああああ」

「なっ!?　森に誰かいたのか!?」

「今は気にしてる場合じゃないわ！」

「くっ……！」

ミルムの言う通りだ。それにあの攻撃なら今更回復魔法も持たない俺が行ったところでどうしようもないだろう。

やむを得ない。

「あれは……!?」

「ブレスの一種ね。ただし普通の竜のものと違って即死攻撃だけれど」

ミルムの回答は今受けた攻撃に対するもの。

それはそれでありがたい情報なのだが、今俺が聞きたいのはもっと別の、今まさに放たれようとしている攻撃の方だった。

「で、あれは……!?」

「あっちが本物のブレスよ！」

空中で大口を開けたドラゴンゾンビの口元に黒紫の光が溢れ出していた。

真っ直ぐ向いた矛先は俺へ吸い込まれるように照準を合わせている。

――死ぬ

一瞬でこれまでの記憶が頭の中を駆け巡った。走馬灯ってやつだこれ。

スローになった景色の中で必死に頭を回転させる。

回避は……無理だ。ドラゴンの口はあの骨と同じサイズ。今からでは間に合わない。

霧化？　いやあれは魔法には効かないことが多いと言われたばかりだ。

夜の王？　宵闇の魔力をコウモリなどの魔物に変える力だが、ミルムほどの練度ならともかく俺が今それをしたとしてもあの攻撃を防いでくれるとは思えない。

レイとエースをだしても被害が増えるだけだろう……。【宵闇の棺】は封印する。

打つ手がない。

次の瞬間、世界の時間がもとに戻ったかのように動き出した。

ドラゴンゾンビの口から放たれた極大の死のブレスが、まるで周囲の景色ごと飲み込むように迫り来るのが見えた。


「短い人生だった……」

「本当ね。ヴァンパイアの感覚で言ったら産声程度しか上げてないんじゃないかしら」

「え？」

ブレスが俺を包み込むより早く、ミルムの声が届く。

「勝手に終わらせられては困るわ。貴方にはこれから先ずっと、私の退屈を紛らわせてもらわないといけないのだから」

不思議なことにブレスは俺のもとに到達することはなかった。

射線上にミルムがいる。

いや、ミルムだったものと言ってもいいかもしれない。

突き出した左腕ごと身体の大部分が持っていかれたような状態。

ドラゴンゾンビの姿と重なるほどにボロボロになって、俺を守ってくれていた。

「なんで……」

「馬鹿ね。私を誰だと思っているのかしら？」

ヴァンパイア。

アンデッドの頂点。

不死の王の意味を、俺は改めて目の当たりにした。

「【夜の王】」

短く、そう唱えただけでミルムの身体に無数のコウモリのような黒い影がまとわりついた。

そして――

「はい、元通りよ……っ！」

「大丈夫か⁉」

「大丈夫じゃないように見えるかしら？」

一瞬顔を歪ませたものの、その姿は確かに元のミルムのものに戻っていた。

とんでもない魔法だ……。

いやそうじゃないだろう。ミルム自身がとんでもないのだ。

そしてその超常の力を、俺を守るために使ってくれたことに驚いた。

人間を怖がったミルムが、他ならぬ人間の俺のために、だ。

「それよりそちらは大丈夫かしら？」

ミルムから出た言葉はそれだけだった。

ミルムだって無傷ではないことは表情でわかる。普通なら即死の攻撃を全身に浴びることになったんだ。俺が弱いせいで。

だが、ここで謝るのは違うと思った。

だからこの驚きと複雑な思いは、他のタイミングで確認することにしよう。

今は目の前のことに集中する。

「ああ。ありがとう。そっちは本当に大丈夫なのか？」

「流石に無傷とは言わないけれどね」

あれで無傷なら万が一他のヴァンパイアロードが敵になったときにどうやって倒せばいいのかという話になる。

なんかもう、今のミルムを見てしまうとドラゴンゾンビが可愛く見えてくるな……。

いや俺にとってはどちらも圧倒的に格上なことは変わりはないんだが……。

「さて、あれで持ってた魔力も底をつきそうね」

「じゃあ……」

「ええ。いい練習になるんじゃないかしら？　【夜の王】で道を塞ぐわ。あなたも一緒に」

「ああ……！」

【夜の王】

ミルムは回復魔法のように使うがその原理はまだわからない。

俺にできるのは単純に黒いコウモリのようなものを出現させることだけ。

ミルムの繰り出す無数のコウモリたちがドラゴンゾンビの行く手を阻みながらその活動領域を狭めていった。

「やるか」

ミルムに倣《なら》って俺もドラゴンゾンビの周囲へ【夜の王】を展開する。

俺の元から放たれたコウモリたちも加わり、みるみるドラゴンゾンビを黒い影が閉じ込めていった。

『グルゥルルアアアアアアアアアアアアアアアア！』

「無駄ね」

最初に放った全身からのブレスを繰り出したが、全て黒い渦に飲み込まれて消えていた。

すごいな……ミルム。

「あなたの分も込みであれよ？」

「いや……ほとんどミルムだろ？」

「ふふ……今はまだ、ね」

そんな会話をしているうちにドラゴンゾンビの身体が崩れていく。

『グルゥウアアアアアアアアア』

苦しそうに鳴きながら、不自然だった灰色の身体が力を失い、構成していた不完全な骨たちが地面へ落ちていく。

ミルムが俺を見る。

もういいってことだな。

『グギャアアアアアアアアア』

苦しそうなドラゴンゾンビ、その核を見極めていく。

今見えているのはあくまで仮初《かりそめ》の姿にすぎない。

魂が残っていなければアンデッドは生まれない。その魂へ向けて、静かにスキルを発動した。

「ネクロマンス」

――古代竜グランドメナスのネクロマンスに成功しました

――古代竜グランドメナスが使役可能になりました

ドラゴンゾンビとの戦いが終わった合図をするように、あの声が頭の中に響いていた。

二十話　現状確認

「どう？」

「成功した」

「そう。良かったわ」

そう言うとふっとミルムから力が抜け、周囲を渦巻いていた魔力波が消える。

同時に金色に輝いていた目も目立つようになった牙も収まっていた。

「古代竜グランドメナス、っていうらしい」

『きゅぅ……』

鳴き声は可愛いんだが普通にでかいんだよな。

実際のところ、さっきまでのドラゴンゾンビと比べたら全然大したことはないんだけど……。それでも竜は竜だ。レイやエースと比較しても十分に大きかった。

現れた竜の精霊体を見て、ミルムがこう言った。

「完全に幼竜になってるわね」

「これで幼竜なのか……？」

騎士団が乗るワイバーンよりはそれでも一回りはでかい。

要するに俺とミルムが乗っても飛べそうなくらいの竜の姿をしているわけだ。

「さっきまで成竜と戦ってたのだからわかるでしょう？」

「いやそうなんだけど……そう考えると、そもそもこいつ馬鹿みたいにでかいんだなあ……」

「何を今更」

霊体となってはいるが、その荘厳なオーラは消え失せていなかった。

スッキリとした顔立ちからは気品すら感じる、見事な竜だ。

幼竜であってもその内に秘める力がレイやエースと比べても十二分に通用することは感じ取れていた。

「グランドメナスってのは名前じゃないよな……？」

「そうね。周囲の村や国で呼ばれていたものが魂に結びついちゃったんでしょうけど、本意じゃないでしょ」

『きゅうっ！』

本人？　も求めているような感じだった。

「よし。名前をつけるか」

『きゅっ！』

期待の眼差しで竜に見つめられる。

そうだな……。

なんとなく頭に浮かんだ言葉がしっくりきたので口に出す。

「アールでどうだ？」

『きゅー！』

気に入ったらしく目を細めて頭を擦り付けてきた。

可愛いな、こうして触れ合うと。

「いいじゃない。嬉しそうだし」

――アール（古代竜グランドメナス）の能力を吸収しました
――ユニークスキル【宵闇の覇者】を取得しました
――エクストラスキル【竜の加護】を取得しました
――エクストラスキル【竜の咆哮】を取得しました
――エクストラスキル【竜の息吹】を取得しました
――使い魔強化によりレイ、エース、ミルムのステータスが大幅に上昇しました

「おお……」

一気に力が流れ込んできたのがわかる。

「まさかまだこんなに強くなれるなんて……貴方といると驚くことばかりね」

「そのセリフはそのまま俺が返したいけどな」

手に入れたスキルがどんなものかはあとでミルムに聞いて確認しようと思っていたら、ミルムの方から聞いてきてくれた。

「スキルも取得したのかしら？」

「ああ、ユニークスキル一つと、エクストラスキル三つみたいだ」

「またユニークスキル……貴方いよいよ化け物じみてくるわね」

「失礼な……」

ただミルムの反応を見るに、思っていたよりユニークスキルの複数所持はすごいのかもしれない。

いやそりゃそうか。一つ使いこなせばそれだけでミルムやあのドラゴンゾンビのような強さを得られるスキルなんだ。

フェイドですらユニークスキルは一つも持っていなかったのを知っているし、他のメンバーも多分クエラ以外は持っていなかったと思う。

要するに聖女レベルで初めて持てるのがユニークスキルということになる。

「せっかく場所もあるんだから、少し練習して帰ったらどうかしら？」

「あの戦いのあとでまだ余力があるのかよ……」

とは言え手に入れたスキルが気になることも事実だ。

少しだけ、この場に留まって試し撃ちをすることにする。

◇◇◇

「ユニークスキルなんて、普通一つでも持っていれば最強種の一角になるものよ。あなたがおかしいの」

「もう四つ目だからな……実感がないな」

「ま、使いこなしてもらわないと宝の持ち腐れだけど」

「それもそうだな」

実際に使ってみて慣れていきたいわけだが、今回のユニークスキルはどうやら使うとかどうとかそういうものでもないと言えばないらしい。

「ユニークスキルって、なんというか……その種族だったり個人の象徴みたいなもので、一つの目的のために使うものじゃないのよね」

「というと……？」

「今回の【宵闇の覇者】だけど、私の【宵闇の支配者】と同等のスキルで、宵闇に関わる全ての事象に影響力を及ぼせるスキルで……説明が難しいわ！」

ミルムが説明を放棄した。

いやでも、宵闇ってのは闇魔法の一種の死の力だったはず。それに関わる事象に影響を及ぼす……？

確かによくわからないな。

「全体像はおいおい把握するとして、逆に今できることって何があるんだ？」

「良い質問ね！　闇魔法全般が極大強化されるのと、相手の闇魔法のコントロールを奪い合ったりすることができるわ。私が瘴気の流れを変えたのもそれね」

「え……」

相手の魔法に干渉できるってことか？　いやなんかもうすごすぎて見当がつかなくなってきたな。

「もちろん熟練度も必要だし、下手にコントロールを奪おうとすれば相手も自分も悪い影響しか受けないわ。闇魔法なんて特に、ね」

「まあそうだよなあ」

闇魔法は強力なものが多い反面扱いが難しい。

その扱いの難しい魔法で相手から奪おうなんてのは、しばらく無理だろう。

となると今はこのスキルは闇魔法極大強化と考えておけば良さそうだ。

いやそれだけでもすごいんだけどな……極大強化ってそれだけでエクストラクラスを超える代物だし。

他のスキルも整理していく。

「そもそもエクストラスキルも……今いくつ持ってるのかしら」

「ぱっと浮かばないな……」

「本当に化け物ね……」

ミルムに半ば呆れられるように、スキルの確認作業へとうつっていった。

「まずはとにかく思い出せるだけのスキルを出していきましょうか」

「どうなってるんだろうな……本当に」

ミルムと出会うまでの道中で色々取得はしたんだが正直あんまり覚えていない。

初級剣術や耐性系はまあ、持っているだけで意味があるからいいとして……。

「食事回復、食事強化、血液回復とかあったな……」

「血液回復って完全に私の使い魔のね」

「ごめん……」

「いや、もういいのだけど……ただそれはあんまり役に立たなそうね」

「そうなのか」

「だってあなた、血を飲むことなんてないでしょう?」

「ないな」

文字通り血液を飲むと回復できるスキルらしいが、まあよほどのことがない限りは使わないだろう。

「あれ？　じゃあ食事回復と食事強化は使えるのか」

「あなたは今何か食べるたびに回復するし強くなれるという状況ね」

「すごいスキルに聞こえるんだが……」

「エクストラスキルになってないってことは、強化補正が微増、ほとんど役に立ってないってことだと思うけれど、もし強化されたらあなたは食べてるだけで強くなるわね」

「なんか絵面としては嫌だな……」

頭に浮かんだ、ひたすら食べ物を口に運びブクブクと太りきった自分の姿をかき消すように首を振った。

「ま、エクストラスキルを整理しましょ」

「そうだな」

今俺が持っているエクストラスキルはこれだ。

【超怪力】
【超反応】
【超感覚】
【白炎】

【雷光】
【血液再生】
【黒の翼】
【闇魔法大強化】

そして今回手に入れた竜系の三種。

【竜の加護】
【竜の咆哮】
【竜の息吹】

「私より多いわよこれ……ちなみに自覚がないようだけど【宵闇の棺】もエクストラクラス、というかそもそもあなたの【ネクロマンス】なんて下手したらユニーククラスよ」

「そうなのか……」

とりあえずスキルの数だけはミルムに追いついていたらしい。

使い手次第ということがよくわかる事実であると同時に、これから頑張ろうと思える話だった。

「で、今回の竜系のスキルだけど、一つ一つ整理するわね」

「よろしくおねがいします」

ミルムの説明によると今回の三つのスキルはこんな内容だった。

【竜の加護】は状態異常耐性（全・極大）、防御力強化（極大）など、防御系スキルの詰め合わせパックと言われた。暑さや寒さもある程度無効にするほどのものらしい。

【竜の咆哮】は【威圧】の上位互換。

今後人間相手に何かあれば最優先で使える便利なスキルらしい。吠える必要はなく、ただスキルによって相手と自分のステータスに差があればあるほど相手を萎縮させ動きを封じるスキルのようだ。

そして【竜の息吹】。これは全属性ブレスらしい。

といっても実験したところ手から出すことができたので要するに全属性の攻撃魔法を得たということになるようだ。

【白炎】、【雷光】も【竜の息吹】のおかげで性能が上がっていた。

もちろんこれらの複合スキルである【バーストドライブ】もだ。

「次はあなたに任せてもなんとかなりそうね」

「いや……」

できればこんな、ドラゴンゾンビと戦う必要があるようなことはもう避けたいんだけどな……。

「改めて、とんでもないスキル構成だな……」

ちぐはぐだし使いこなしていない状態ではあるが、数と内容がとんでもないことは自分でもよくわかった。

そんな俺を見て、ミルムが呆れた表情でこう告げた。

「だから言ったじゃない。化け物だって」

アンデッド最強のヴァンパイアのその王にそう言われてしまうのもなかなかのものだなと思いながら、竜の墓場を後にした。

今日は近くの村にでも泊まるとしよう。

流石に色々あって疲れたからな……。

二十一話　正当な評価

「どうしたんだ？」

どうも村に立ち寄ると決めてからミルムの様子がおかしかった。

俺の後ろに隠れるように腕を摑んできてまっすぐ歩こうともしないくらいだ。

「いや……えっと……」

きゅっと俺の腕を摑んで前を歩こうとしないミルム。

これはこれで可愛いんだけど……フォローする必要があるな。

「なんだ……なんかあるのか？」

仕方ないので立ち止まって話を聞くことにする。

振り返るとポツリポツリとミルムが言葉をこぼし始めた。

「あの……ね？　私結構派手に魔法を使ったじゃない？」

戦闘シーンを思い返す。

ドラゴンゾンビ相手に互角以上に魔法でやりあうミルムの姿が浮かんだ。

「確かに……？」

「あれ、見る人が見れば私が何者かはわかると思うの……」

まあそもそも空飛んでドラゴンゾンビに一人で魔法ぶっ放してる時点でただの人間とは思われないと思う。一部俺も人のことを言えなくなっている点は黙っておくとして。

「だから……怖い……」

怖い……か。

俺が例えば、ヴァンパイアたちがたくさんいる世界で、ヴァンパイアだらけの街に放り出されたらどうだろうかと考える。

周囲は人間に対して偏見を持つヴァンパイアたち。俺は見かけだけはヴァンパイアとして通せる姿だとして、その正体がバレた状態で囲まれることを想像する。

確かに怖い。

だがミルムは仲間だ。こんな想像の話ではなく、ミルムの抱える問題を解きほぐす必要があるだろう。

「なぁミルム」

「ん？」

「良かったら何があったか話してくれないか？　人間と、何があったか」

ミルムは人間を嫌いとは言わないが苦手意識は持っている。

だが単純に全ての人間を苦手とし、敵視しているわけではない。

むしろさっきは身を挺して俺を守ってくれたくらいだ。

なんとなくここまでの付き合いの中で見えてきたのは、目の前に現れた個体としての人間は恐れないということ。

俺もそうだし、ギルドでもそうだった。

だがその反面、こうして顔の見えない集合体としての人間たちというものに、不思議なほどに恐怖心を抱いている。

理由が知りたくなった。

「だめか？」

ミルムはわずかに考えたあとこう答えた。

「……そうね。貴方にならいいわね」

そのまま話を始める。

「私はヴァンパイアロード。王家に生まれた一人娘だった」

王家というのは聞いていたがそうか、一人娘か。

「私が生まれて本当に間もない頃、人間による吸血鬼狩りは最盛期を迎えていたわ。私たちの国にもヴァンパイアを狙った人間たちが押し寄せてきたところだった」

なるほど……。

あれ？　待てよ？

「前に自分の周りで犠牲になったのはいないって言ってなかったか？」

「正確に言うと自分の周りとして認識できるほどの状態じゃなかったのよ。私が今喋っているのも、自分の記憶じゃなく記録されていたものをたどった情報でしかないわ」

「なるほど……」

だが実の両親が被害にあったことになるんじゃ……。

そう思ってミルムを見ていたらいたずらな表情で俺にこう告げた。

「ふふ。私の両親は生きてるわよ？」

「そうなのか!?」

両親が生きていると告げたミルムの表情はこれまでで一番柔らかいものに感じた。

「多分、ね。そのときの動乱で私を残して逃亡。今どこにいるかはわからないけれど、そのときにヴァンパイアハンターに捕らえられたり殺されたりした記録はないのよね」

「生きてたら子どものことを心配しそうなもんだけど……」

少なくとも、人間の感覚、いや俺の感覚ならそうだ。

「何を考えてるかはわからないけれど、まあそう簡単にこっちに来られなくなったのだと思うわ」

「こっちって言うと、場所の目星はあるのか？」

「残念ながらないわね。でも、遠いところにいるはずよ」

淡々と告げる口調に反して、やはり表情は柔らかいままだった。

置き去りにされたというのであれば、場合によっては恨んでいてもおかしくないと思ったが……。

「私たちに寿命の概念はないし、そもそも親子のつながりも人間たちほど強くない。だって私が生まれてすぐ放置されたのにこうして育ってるのだから、必然的に親子の関係性は薄くなるわよね」

「そう言われればそうか……」

種族によっては生まれた瞬間に親子は敵になったり、親が餌になったり逆のパターンが起きたりするケースすらある。

そう考えるとミルムの言うこともなんとなくだが理解はできるように感じた。

「私はね、あのときろくに動けもしなかったから、普通にしていれば殺されて終わりだったはずなの」

普通にしていれば、ということは……。

「誰かわからない。私を殺さずに封印した者がいる。それも、生まれて間もない私がその後成長するための全てを残して……」

「どうやって育ったんだ？」

「気づいたら本で囲まれた部屋にいたわ。衣食住は望めば揃う環境にいた」

「どんな原理だ……」

「さぁ……少なくとも私には作れない封印だったわね……」

相当高度な魔法であることは間違いない、か。

それこそ、人間であれば賢者クラス。魔族だとしても、四天王クラスの存在だろうか。

「部屋の中で、国に起きた悲劇を見た。部屋の本で、この世の歴史を見た。部屋の中にあったものだけで、私は育った」

ミルムが静かに語る。

「だから私は、人間が怖い。国に起きた悲劇も、私が見た歴史も、その全てで人間は大きな脅威だった」

そうだろうな……。

ヴァンパイア目線で、なんて物事を考えたことはなかったが、ミルムが知る範囲で言えば本当に恐ろしい存在になるのは事実だろう。

両親どころか国ごと滅ぼされた相手だ。

「ただ、かといって同族のことを知っているわけでもないわ」

「起きて最初に出会ったのが、俺か」

「ええ。人間なのにこちら側の匂いがするし、我ながら変な引きをしていると思うわ」

引きときたか……。

まあ確かにそれはそうかもしれないな。

そしてそれならその引きが幸運だったと思わせてやりたくなる。俺がしっかりして、ミルムの中にある人間への恐怖心を払拭させてやりたい。

まずはその一歩だ。

「ミルムが心配してるようなことにはならないぞ？」

「どうして？」

ミルムを封印した技術はとんでもないものではあるが、一つだけ穴がある。

「ミルムの知ってる知識、封印された当時のままだろう？」

「それは……」

「今の人間はそんなにヴァンパイアにとって悪いやつばかりじゃない」

ヴァンパイアハンターの最盛期といえば本当に何年も前の話になる。人間からすればその月日は認識を改めるには十分すぎるような時間だ。

そこから人間はヴァンパイアを含めた亜人たちとの共存を図ってきている。

ミルムの知る、ヴァンパイアを見れば敵と捉える古い考えはもう、一部を除けばほとんどなくなったと言えるだろう。

特に今から向かう村は、むしろミルムを好意的に受け入れる確信が俺にはある。

「まあ、こうして話を聞くより実際に見た方が早いだろ」

「わっ。ちょっと!?」

躊躇《ため》らうミルムの手を引いて、多少強引に村まで引っ張っていった。

きっとミルムが思うような人間なんて、今から行く村で見ることはないはずだから。

◇◇◇

「英雄様が来たぞー！」

「おお……あれが」

「ありがたや……ありがたや……」

村に着いた途端、人だかりができて祈る人間まで出る始末にミルムが戸惑いを隠せずにいた。

「これは……」

「驚いたか？」

「そりゃそうよ！　怖がられて怯えられるかと思ってたんだから！」

この村がこうも俺たちを好意的に受け入れてくれたのには理由がある。

「この村はな、代々竜の墓場を見守る役目を持った村だ」

「見守る……？」

前にフェイドたちと来たのを覚えている。

当時はこの村に状況を伝えることは国やギルドに伝えることよりも優先するほどだったからな。

今はもうギルドがしっかりその役目を買って出ているようだったが、この村は村で常に竜の墓場の行く末を気にし続けていた。

そりゃそうだろうな。ギルドが主導権を取ったのはそう前の話でもないし、それを生業《なりわい》にしてきたのだから。

「ミルムは街が破壊されるって言ったけど、人の多い街や国を狙うにしても、必ずこの村は通るんだ」

「なるほど……だからこんな辺境の村なのに見張りが充実していたわけね」

「そういうことだ」

ドラゴンゾンビが目覚めれば村はその気まぐれで滅ぶ。

それを避けるためには常に竜の墓場の動向を観察し、もしものときに備える必要があったわけだ。

「貴方様方のおかげで我ら、村を捨てずに済んだのです」

手を差し伸べてきた村長は人に好かれそうな朗らかな顔をした小さな老人だった。

「私は村長のジグでございます。貴方たちがこの村をドラゴンゾンビより守ってくださったのは、この目で見ておりました」

守ろうとしてやったかと言われれば微妙だが結果的にそうなったのなら良かったというわけだ。

「ささ、こちらへ。大したことはできませんが祭りの準備もしております。もてなしくらいさせていただきたい」

「ありがたい」

話が進む中ミルムだけが置いてけぼりになっていた。

「うそ……私の戦いを見てこんなすんなり受け入れてくれるなんて……」

「言ったろ？」

「ええ……ええ！」

目の前の脅威であったドラゴンゾンビを倒した英雄をないがしろにするはずはない。

ミルムがそれを体感できて良かったな。

多分ギルドでも同じことが起きるんだが……今はまあいい。

宴《うたげ》が始まり、ミルムが溶け込んでいく様子を眺める。


「美味しいわ！」


「お気に召していただけて何よりでございます」

とりあえず、ミルムが楽しそうに笑ってくれたのが収穫だった。

二十二話　致命傷

「くそっ!?　なんだってんだ!?　おい！　おい!?　お前が言ったからこんな……」

「ぐ……が……」

「フェイドさん！　動かさないで！　ヒール！　……ヒールっ！」

「が……ぁ……」

竜の墓場のほど近くに位置する森の中に、四人の冒険者がいた。

正確にはもう、三人と、一つの遺体という姿だった。

遺体が動いているように見えるのは、その地に溜まっていた桁違いの瘴気が、その者を生前と別の生物へと変化させているからだ。

「もう……それはだめ……」

メイルは冷たくそう告げた。

「でも！　くっ……ヒール！」

「がぐぁ……」

だが聖女は諦めらいれない。

もう二度と、目の前で仲間を失いたくはない。

ランドを置き去りにした日のことを、どれだけ後悔したかわからない。あのとき、本当は自分にもできることがあったのではないかという思いが未だに頭をよぎる。

だってランドは、あの状況から這い上がってきたのだから……。自分にも何かできたのではないかと……。

「くそっ！」

ガンッと近くの岩を殴りつけるフェイド。

この手しかないと、そう思っていた。だからこそ、他の可能性を無視してこの手に賭けた。

いや、賭けだとすら、認識できたのは今になってのことだった。

それまではこの作戦は完璧なもので、失敗の可能性など考える必要のないものと捉えていたのだ。

蓋を開けてみればもはや、最悪を超える展開が待ち受けていた。

「なんでランドが……」

認めたくはない。

認めたくはないが、自分たちが目覚めさせたドラゴンゾンビを目にした瞬間、それだけで死を悟った。

全身が恐怖に震えた。

そして、その圧倒的なプレッシャーを前に、尻餅をついて逃げ惑《まど》うことしかできなかったのが、このパーティーの現状だった。

だというのに、だ。

「なんでランドは、あんな化け物に……」

逃げ出した自分と、立ち向かったランド。

実力の問題ではなかった。

その精神性において、自分は負けたのだという、大きな、大きすぎる差を突きつけられていた。

「どうするの……フェイド」

「どうするもこうするもねえだろ!? 手土産にするはずだったドラゴンゾンビはもういない！ いや！ あんなもんもしランドが死んでたって、俺たちに勝てるわけ……」

「フェイドさん……」

口に出してしまった。

その瞬間、フェイドの中の何かが決壊した。

「ランドになんて……勝とうとしたのが全部……」

「フェイドさん……？」

「お前らも気付いてたんだろうっ!? ランドが実は強いことを！ 俺が卑怯な手を使って！ あいつが活躍できないように……それでっ！」

「フェイドさん！　落ち着いてください！」

「ずっとそうだ！　馬鹿にしてたんだろう！　あざ笑ってたんじゃないのか!?」

フェイドの暴走は止まらない。

「くそっ！　何もかも……何もかも終わりだ！」

「フェイドさん!?」

フェイドは剣を抜いて、ロイグの亡骸《なきがら》を見下ろす。

「お前が余計なことをしなければ！」

「ダメです！」

「うるさい！」

――ザシュ

「そんな……」

フェイドの剣は、ロイグの首をスパンと刎《は》ねていた。

「フェイド……」

メイルが呟く。

もはや、パーティーは取り返しのつかないところに来ていた。

「あ……」

ロイグの血を浴びたフェイドがようやく正気に戻るも、全ては後の祭りだった。

だがここに来て、メイルはまだ諦めていなかった。

自分が地位を守りながら、今の恵まれた生活を続けることを。

「考えが……ある」

フェイドもクエラも、もはやその策に乗らざるを得ない。

耳を傾けた。

「ロイグはもともと、どうしようもなかった」

「それは……」

否定する言葉を探したクエラだが、続く言葉はいつまでも紡がれることはなかった。

要するに、クエラもロイグの処遇がどうにもならないことはわかっていたのだ。

「むしろ、ロイグは多分、邪魔になる人間たちもいた」

「待てメイル。逆にロイグはこれから、責任を押し付けられる唯一の……だがそれすら今俺が……」

フェイドは自分たちの価値をこのときは正しく認識していた。

ギルドにとってSランクパーティーは手放したくない存在。むしろ今回の一件でしばらく首輪がつけられるくらいに考えていたというフェイドの予想は、大方のところ当たっていた。

それもこれも、ロイグ一人に問題の責任をなすりつければ、という話だったのだ。

そしてそのロイグを殺してしまったのが、今の自分であると、そうフェイドは認識していた。

「ん……それを、私たちがやる」

「どういうことですか……？」

クエラもフェイドも、まだメイルの考えは読み取れない。

「ロイグが冒険者を辞めると、どうなる」

メイルの問いかけに二人が考える。

おそらく、いや確実に、ロイグは騎士団には戻れない。それだけのことをやらかしてきた男だし、騎士団からしても二度と関わりたくない相手だろう。

となると、ロイグの行動パターンとしてまともに定職にはつかないだろう。

自らの腕に加え、手段を問わないやり方で駆け上がることを得意とするロイグなら……。

「夜盗か……」

「他国の軍か……」

「そう……どっちにしても、騎士団の敵」

「それは……」

確かにロイグの選択肢はどれも、国に、騎士団に歯向かうものでしかない。

「騎士団から出た汚点であるロイグがさらに泥を塗る前に、私なら、ロイグを殺す」

「まさか……」

フェイドはそう口には出したものの、確かにメイルの言うことは一理ある。

騎士団の汚点であったロイグだが、やはり実力は本物。だからこそ、自分たちをSランクパーティーにまで引き上げられたのだと、フェイドはそう認識していた。

ロイグがもし他国で活躍したり、野盗として名を馳《は》せるようなことがあれば、それは騎士団のあまりに大きな汚点となることは事実だった。

その解消のためなら、先んじてロイグを暗殺するという線も出る。

「それでも、ロイグを殺そうと思えばそれなりに大変だったはず」

「まあ、な……」

素行の問題を差し置いてなお、騎士団長、そしてSランクパーティーという二つの頂《いただき》を取った男だ。

その実力、特にその防御力の高さは王国屈指だ。

「だから、まず騎士団に、手土産はできた」

メイルの言葉の、あまりに淡々とした口調にフェイドは一瞬恐怖を感じたが、今はそれどころではない。

「それだけの理由があったとしても、俺たちのやったことは……」

「そう。でも、ギルドに圧力をかけられる組織がこれだけで一つできる」

　メイルの言葉はそれだけで終わらなかった。

「魔術協会も、馬鹿にできない、はず」

「魔術協会……」

「ん……私なら、つながりもある」

「メイルのつながりというだけで口添えできるのか？」

「違う。魔術協会は異種族に対してかなり排他的。中でも今のトップは、ヴァンパイアハンターで名を馳せた賞金稼ぎ、ミレオロ」

「金色のミレオロ……ですか。あまりいい噂は聞きませんが……」

「ん……未だに魔術協会は、いやミレオロはヴァンパイアを狩りたいはず。情報だけでも手土産になる。あの戦い、ランドと一緒にいたのは、間違いなくヴァンパイアだった」

「なるほど……」

　フェイドたちはようやくメイルの言っている意味が理解できた。

　そしてもちろん、この状況が情報だけの提供で切り抜けられるほど甘いものではないこともしっかりと、認識している。

「つまり、俺たちはランドたちを殺して、騎士団と魔術協会の後ろ盾を持って復帰を果たす、か」

「ん……それにヴァンパイアに良い顔をしないのは、教会も同じはず」

「それは……そうですが……」

アンデッドキラーである聖属性の本拠とアンデッドの王の相性が悪いことはもはや、わかりきったことだった。

「私たちはもう、そうするしかない」

「……」

「それで戻れるのか？　俺たちは」

「わからない。でも、このままのこのこ帰っても、下手すれば死罪」

「死……」

ドラゴンゾンビをいたずらに刺激し復活させたことはそれほどのことだった。

そして、誰がそうしたかもじきにバレることは明確だった。

「わかった……それでいこう」

「あの……ランドさんは……」

「ん……ランドは吸血鬼に騙《だま》された。私たちが助ける」

「わかりました！」

クエラの行動動機はもう、聖女である自分を守るためだけのものになっている。

だがそれが自分のためではなく、自分に聖女としての期待をかける者たちのためであることを、メイルもよくわかっていた。

「ランド……」

フェイドが複雑な表情を浮かべてはいたが、それでも三人はもう、運命を共にする者たち。異論を挟む者はもういなかった。

ロイグの亡骸から首だけを確保し、三人になったパーティーは最後の望みに向けて動き出した。弱点の多いヴァンパイアであれば、たとえ格上の相手でも戦えるはず。そして何より、不死族へのジョーカーとも言えるカード、聖女もいる。

失うものももう、何もない。

三人はそれぞれの思いを胸に歩き出していた。

二十三話　新たなSランクパーティー

ギルドに着いた途端、ギルドマスターのギレンが笑顔で出迎えてくれていた。

「おお！　戻ったか！」

まさかギルドマスターがこちらのフロアにいるとは思わなかったので驚いた。

「なんでまたギレンが……というか、冒険者が多くないか？」

ギルドにはいつもの三倍近くの冒険者が集まっている。

普段見ないような高ランクの冒険者まで含めてここだけで戦争でも起こせそうな雰囲気ですらある。

「これだけ私たちが注目されているのだから、理由は一つでしょうに」

「あー……」

村で一日過ごしたことですっかり頭から抜けていたところがあるが、おそらくギルドにもドラゴンゾンビ復活の連絡だけは先んじて届いていたのだろう。

そのためにギルドをあげて冒険者を集めていたんだな……。

　そしてギレンの反応を見るに、その後の顚末も俺が気づかないうちにあの村の誰かが使者として伝えてくれていたようだ。

「とにかく、よくやってくれた……！　ギルドの代表として感謝する」

　ギレンが頭を下げると、後ろに控えていたギルド職員が一斉に頭を下げた。

　もちろんその中にニィナさんの姿もある。

　いつになく仰々しい対応にこちらがそわそわさせられた。

「いや……そんな……大したことじゃ……」

「謙遜するな。お前たちの功績は間違いなく歴史に名を刻むもんだ。胸を張れ」

　ドンッと俺の胸を小突きながらギレンが言う。

　改まられたせいで何というかこう、居心地の悪さに目を彷徨《さまよ》わせる羽目になった。

　ギレンは続けて、ミルムの方に向き直った。

「ミルム」

「え？　な、なにかしら？」

　突然の出来事にミルムもあわあわしてこちらをちらちら伺ってきたが、俺にはどうすることもできない。

　大人しく話を聞けと促しておいた。

「冒険者としての初の実績がとんでもないものになったが、本当に助かった。お前さんが来てくれてなかったら、ここにいるやつらの全員が生きて帰ってこれたとは思っていない。感謝する」

再びギルド職員が一斉に頭を下げた。

「え、えっと……その……ふんっ。良いわよ、このくらいどうってことないわ」

「がはは。英雄様は違うってことだな」

「英雄!?　え、ええ！　そうね。その通りよ！」

なんかヤケクソ気味にミルムが胸を張っていた。

そうか……色々あったけど、ようやく一区切り着いたんだなという実感が押し寄せてきた。

一息ついたと思っていたが、ギレンの話はまだまだ終わっていなかった。

ミルムはそわそわしながらもみんなに好意的に受け止められていることを感じ取っているようで、楽しそうに頰を緩ませている。

改めてギレンから話の続きを聞く。

「さて、お二人さんはランク査定期間だったわけだが、今回の特別依頼の達成、およびドラゴンゾンビの討伐を以って、特例だが二人ともAランクへ昇進させる！」

「おお……」

「ランドたちやりやがった！　一気にAランクだぞ!?」

「くそー。俺もあんなチャンス摑みてえな」

「だがよぉおめぇ、ドラゴンゾンビの相手なんざできっか?」

「そりゃおめえ……まぁ死ぬだろうな」

俺たちよりも先に周囲の冒険者が反応していた。

「えっと……私もいいのかしら？」

「もちろんだ」

ギレンが即答する。

むしろミルムがダメで俺だけなるはずがない。

ギルドのランクの基準は一言で言えば強さだ。それを考えるならミルムは余裕でSランク……あれ？　俺もSランク認定は受けてるんだったたな……。

これはなんか、時間の問題で上がるかもしれないな。

ミルムは意外とこういうものに価値を見出してくれるようなのでワンクッション挟めたのはある意味良かったかもしれない。

今も目をキラキラさせているからな。

「さらにだ！　ランドとミルムの二人はその実力から、二人以上のパーティーで活動する際、パーティーでの活躍に限ってSランとして認定する！」

わあっと、ギルド中の温度ごと高まったかのような錯覚を受ける熱気が沸き起こった気がした。

そのくらい周囲の反応は早かった。

「Sランクパーティーだ！」

「フェイドたち以来だが……たった二人で!?」

「だが確かに、二人でドラゴンゾンビを倒したっていうなら十分すぎるほどの力があるぞ」

「何にせよすげえことだぞ！　この地域にまたSランクパーティーが生まれたんだ！」

概ねはこんな感じで好意的に受け止められているようだった。

一部やっかみの声も上がったが、何よりドラゴンゾンビを討伐したという実績がそういった声を封殺している状態だった。

「ねえ……」

「どうした？」

ミルムが俺の服の裾を引っ張りながら声をかけてくる。

「これってすごいことなのよね？」

「もちろんだ」

「そう……そうなのね」

何かを噛み締めるようにミルムが呟いた。

そうか。

ミルムにとっては初めて何かを認められた瞬間なのかもしれない。

ギルドにも受け入れられ、多くの人から感謝され、そしてその功績を称《たた》えられて地位を授かった。

俺が思う以上にこのことは、ミルムに良い影響を与えていたかもしれなかった。

「でだ、ランド」

さっきまでの改まった態度は何処《どこ》へやらという感じで、いつものノリのギレンが肩を組んで来る。

「ドラゴンゾンビの討伐用にこんだけ集めちまったわけだ。こいつらをただで帰すのは忍びねえと思わねえか？」

周りを見渡す。

ざっと数えて数十では済まないほどの冒険者たちが、目が合うたびに何か期待するような眼差しをこちらに向けていた。

「なるほど……」

「どういうことかしら？」

ミルムだけわからなかったようだ。

ギレンからは追い討ちのように一言、こう付け加えられた。

「辺境伯家から予算はたっぷりもらった」

まだ首をかしげて不思議そうな顔をするミルムに補足する。

「今回のドラゴンゾンビ討伐の報酬だけどな、本来は二人で討伐した俺たちだけの取り分にしていいところを、ギレンはこう言ってるわけだ。宴会代をおいていけと」

「なるほどね。良いじゃない！　盛大に祝えば良いわ！」

「決まりだな」

ニッと笑ってギレンがそう言った途端、ギルドは歓声に包まれた。

◇◇◇

ミルムはいつものように頬袋に食糧を溜め込んでいる。

時折声をかけられてあわあわしながら対応しているが楽しそうなので良いだろう。

最初は話しかけられるたびに俺の方を見つめてきていたがやっと慣れたようだ。

「良いのかい？　英雄がこんなおっさんの相手で」

「何言ってんだ」

ミルムが大丈夫そうだったので俺はギレンの元にやってきていた。

「お前が自分からパーティーを見つけて組んでくれたのは僥倖だった。ありがてえ限りだ」

「成り行きだったけどな」

「それでも、だ」

ガハハと笑いながら肉にかぶりつき酒をあおる。

見た目通りの食いっぷりだ。

「ありがとな」

これを伝えに来ていた。

「何がだ。感謝することはあってもされることは……」

「これ、黙ってギルドからの大盤振る舞いにしたって良かっただろうに」

本来なら一冒険者に対して、辺境伯がいくら予算を用意していたかなんて話は入ってこないのだ。

それに何より、この金の使い方は別に間違っちゃいないわけだからな。勝手にやろうが俺を含めて誰にも咎《とが》められなかったはずの使い方だった。

「ったく……変に気が回るというか……お前はこれでもうちょい人を疑うことを覚えりゃなぁ」

「あんたに言われたくはない」

ギレンが受けた顔の傷は、当時の仲間に裏切られてできたものだ。

それでもなお、冒険者を、そしてパーティーを見限らずに面倒を見てきた。それがギルドマスター、ギレンだ。

「まあこれは何もお前らのためだけってわけでもねえからな」

ギレンはそういうが、これは明らかに俺たちの株を上げるためのパフォーマンスだった。

照れ隠しをするようにギレンは早口で捲《まく》し立てた。

「吸血鬼のネガティブなイメージってのはな、お前が思うより根深い。それこそその頃から生きてる冒険者がまだ現役ってこともある。人間じゃない種族なら特にな」

それは確かにそうだろう。

現に影響力の強い組織のトップに元ヴァンパイアハンターがいるなんてこともあるくらいだからな。

だが、この男《ギレン》がトップの組織においては、その心配は全くないだろう。

「このギルドでそんなことを気にするやつは少なくとも、あんたのおかげでいなそうだけどな」

ミルムを囲み、英雄と称えて話をする冒険者たちを見てそう言った。

もちろん公言したわけではないが、様子を見ていれば何となくわかる。ミルムの正体など関係ないのだ。彼らにとっては、きっと。

「ふっ……さて、あーそうだな。ちょうど良いから今伝えとくか」

「何をだ？」

「フェイドたち四人が姿を消した。これは俺のミスだ。すまねえ」

ギレンが頭を下げる。

「Sランクパーティーをコントロールするのは無理だろ……ましてこの地域にはあいつらより強いやつらはいなかっただろうし」

「だとしてもだ。油断と言われればそれまで。流石のあいつらも今謹慎を無視して動けばどうなるかくらいわかると期待した俺がバカだった……」

珍しく怒りを露《あら》わにするギレン。

まあそうだな……。ロイグ以外は何とかしてやろうと動いていたところにこれだ。

裏切られた形になったギレンはショックだろうな……。

「で、どうするんだ？」

「捜索隊は一応出している。だが考えもなしに動くとは思えん。おそらくだが、手土産に何かの実績を持って戻ってくるつもりだろうな……」

「それは謹慎を破るだけの価値はあるもんだったのか？」

ギレンがかぶりを振った。

まあそうだろうな……。

「仮に今回、ドラゴンゾンビが街を襲い、甚大な被害をもたらしていたとして、そこに居合わせ民を助けたという話ならわからんかった」

「なるほど……」

待てよ？

「なんだ……？」

「いや……これはただの報告だから変につなげるとややこしくなると思うんだが……」

「良い。言ってみろ」

ギレンに促され答えることにした。

「竜の墓場に俺たちが着いたときには、ミルムの見立てではまだドラゴンゾンビになるような状況じゃなかったんだよ」

「は……？」

「竜以外の依代さえなければ問題はないだろうってことで、普通に調査をして帰る予定で……」

「おい待て」

言い終わる前にギレンに肩を摑まれた。

「そうだ。何者かが瘴気の流れを操り、ドラゴンゾンビは人為的に生まれている」

「馬鹿な……まさか……」

今これを告げれば嫌でもフェイドたちのことが頭をよぎるのをわかっていた点で、少し性格の悪いやり方だった気がして反省する。

意図したわけではなくとも、どうしてもそうなるタイミングだった。

「いずれにしてもドラゴンゾンビの復活を企んだやつがいるってことには違いねぇわけだ……」

「だから、これを持ってきた」

スキルによって持ち帰った大きな荷物を取り出す。

「【宵闇の棺】」

「おお!?　便利なもん使えるようになりやがって」

取り出したのは瘴気の流れをコントロールしていたあの装置だ。

ミルムの力を以ってしても自力で流れは作れないと言っていた。

だとすれば、今回の黒幕もこの装置には何かしらの痕跡を残していても不思議ではない。

「まさかこれを持ち帰れるやつがいるとは、やったやつも思わんかっただろうな……」

「まあ、普通に運ぶのはしんどいだろうな」

装置は大きさこそギルドの卓《つくえ》と同じようなものだが、重さがおかしいのだ。

エースがちょっとしんどそうにするレベルだからな。

「だがこいつがありゃ、特定はできるな」

「良かった」

「ああ。誰かわからん状態でそわそわするよりずっと良い。良いだろう。こいつは俺が預かろう」

「よろしく頼む」

「さて……主役をこれ以上引き止めてちゃ悪いな。報酬やら報告はまた明日だ。今日はもうちょい、飲んでこい！」

「そうするよ」

ギレンに送り出されるように席を立つと、すぐに見ず知らずの冒険者たちが声をかけてきた。

「いつの間にそんな強くなったんだ!?　いやもともとSランクパーティーだったわけだから俺らなんかよりつええのは知ってたけど」

「嘘つけてめえ。今までランドはフェイドのおまけだとか言ってやがっただろうが!?」

「ばかやろー！　今ここでいうやつがあるか!?」

完全に出来上がったおっさんたちだった。

まあ、俺の評価についてはもはやギルド内では悪い意味で定着してたし、別に気にしてないんだからいいんだけどな。

「そんなことよりどこであんな可愛い子見つけたんだよ!?」

「そうよ!?　パーティー組むなら私だってお願いしたいのに！」

「待てよ？　二人しかいねえなら俺たちも……」

「馬鹿野郎ドラゴンゾンビに勝てるやつらについていけんのかよ？」

男女問わず声をかけられる。しかもこんな、好意的に。

フェイドたちと組んでいたときには考えられなかったことだ……。

そう考えるとなんというか、感慨深いものがあった。

ミルムの方もそうみたいだ。

楽しそうに話をしているミルムと目が合うと、満面の笑みをこちらに向けてくれていた。

エピローグ

「首……俺の……首……」

竜の墓場に立ち込めていた瘴気はドラゴンゾンビ誕生後も充満していたはずだった。

だが不思議なことに、ドラゴンゾンビが消えて数日のうちに綺麗に収まっていた。

竜の墓場に残された瘴気の量は本来、数日のうちに勝手に消えるようなものではなかったというのに、だ。

まるで何かに吸い取られるようにして、竜の墓場に立ち込めていた瘴気は消え去っていた。

「首……」

首のない騎士が一人、主のいなくなった墓場を歩き出していた。

特別書き下ろしエピソード　奇跡のような出会い

「ああっ！　もう！　何か面白いことでも起こらないかしら!?」

何もない部屋で一人叫ぶ。

虚《むな》しいことこの上ないが私にはいつだって話を聞いてくれる相手がいるのだ。

「そう思わない？　貴方も」

『ワンッ！』

使い魔のブラッドハウンドが元気に返事をする。

「良い返事ね。暇つぶしに付き合ってもらおうかしら」

ブンブン尻尾を振ってくる唯一の話し相手、ブラッドハウンド。

「しりとりというのが暇つぶしに最適という文献を見つけたわ。私からいくわね、川」

『ワンッ！』

「一瞬で勝負が付いたわね。私の勝ちよ！」

『ワフゥ？』

「やめなさい！　哀れむような目をしないで！　というかそんな声が出せるなら最初からそうしておけば負けなかったじゃない！　馬鹿にしてるのかしら!?」

『ワンッ！』

「今嬉しそうに吠えるのはやめなさい！」

全く……。どうしてこんなことに……。

ブラッドハウンドは使い魔といっても自分で作り出したおもちゃのようなものだ。そんな作り物とでも話をしていないとおかしくなりそうなくらい、私はずっと……一人だった。

「退屈すぎるわほんと……誰がこんなところに閉じ込めたのかしら……」

何もない部屋。

それでも何もかもある部屋。

私が望めば食事も、知識も、生きるために必要な全てが提供される空間。

そんな部屋に閉じ込められてもう、何年経っただろうか。

「……わかってるわよ」

誰に言うでもなくつぶやく。

この状況は、私が自分で望んでそうなったものだ。

誰かに与えられ、実際に閉じ込められるようにこの部屋で過ごすことになったのは確かだ。だがそれはもう何年も前の話。

「今の私なら……いくらでも外に出る手段はあるというのに……」

尻込みして外に出ないのは私だ。

外に出ても自分の居場所があるかなんてわからない。

私にあるのはこの場所と、この場所ができたときに集められた文献からなる知識と、そしてごくごく狭い範囲で使い魔たちが見聞きしてきた情報だけだ。

「外はどうなってるのかしら……」

部屋を中心とした本当にわずかな範囲だけが私のわかる世界。

そしてそのわずかな世界にすら、自分の足ではなく作り出した使い魔たちを向かわせているのだ。

「退屈……違うわね……私は多分……」

寂しいのだ。

生まれてから、自我が芽生えてから、私は一度も自分の作った使い魔以外の話し相手と出会ったことがない。

そして……。

「怖い……のね」

記憶にあるのは文献から得られた情報ばかり。

人間向けの文献には、私のようなヴァンパイアはとにかく悪《あ》しざまに書かれている。それでも今、外の世界は間違いなく人間が支配する世界だ。

「人間が……怖い」

それでも、外に同胞がいるとは思えない。

寂しさを紛らわす存在がいるとすれば、それは人間やヴァンパイアではない他の亜人だろうことも、なんとなくわかるのだ。

「外に出るのが怖いわね」

それでも気になるから、今日も使い魔を送り出す。

「今日はどんな話が聞けるのかしら？」

もしかしたら何か、奇跡のような、例えばヴァンパイアの同胞との出会いや、そうじゃなくても……私に近いような人間でも現れてくれれば……。

「って、何を期待しているのかしら」

バカみたいな話にもほどがある。

ヴァンパイアである私に近い人間などいるはずがない。いたとしてもそれはもはやグールやゾンビ、他者の眷属だろう。もちろんそこから同胞捜しのヒントは得られるかもしれないが……。

「求めているのはそういうのじゃないわ」

生きるために必要な全てが揃っているというのに、話し相手だけはいないこの空間で、ただひたすらにそんな奇跡を待ち望む日々だった。

そしてそれが、突然終わりを迎えた。

「え……」

ブラッドハウンドが何者かにやられたのだ。

今までこんなことは一度もなかった。

私の使い魔は決してこの周囲に現れた者に近づこうとしないし、これまでもしくじったことはない。

近くにいるはずのコウモリたちも向かわせるが……。

「嘘でしょ……」

その全てが私に情報を伝えるより先に消えたのだ。

「一体何が……」

使い魔を消されたことに多少のいらだちはある。

作り物、いつでもいくらでも作れるとはいえ、私にとっては貴重な話し相手だったのだ。

「責任を取らせる必要があるわね……」

ふつふつと沸き起こるその感情に身を任せて、私は初めて生まれ育った檻を出た。

「うっ……」

克服しているとはいえ初めて直《じか》に浴びる太陽光が突き刺すように身に降り注ぐのはあまり気持ちのいいものではない。

「今はそれより……」

周囲に再びコウモリたちを飛ばしてその不届き者の位置を確認する。

「見つけた……！」

いやむしろ捜すまでもなく、ほんのすぐそばまでそれは迫っていたのだ。

「まずは失った使い魔たちの分くらいは、痛い目に遭ってもらおうかしら」

警戒している様子はあるというのに、全くこちらに気づく気配のない間抜けを見て、まず声をかけてあげることにする。

「へぇ……私の眠りを妨げた上に、あろうことか使い魔まで勝手に消した馬鹿の顔を見にこようと思ったのだけれど、貴方ね……？」

「なっ!?」

男は慌てて振り返るがあまりに遅い。

「あはは。いい反応。とりあえず使い魔一匹分は、これでチャラでいいわ」

まずは腕を一本持っていく。

人間ならこれで耐えかねて逃げ惑うかと思ったけれど、意外にも男はそんなに動じる様子もなく佇んでいた。

『キュウオオオオオオオオオン』

「あら、遊びたいのかしら？」

犬……いえ、狼ね。

それにこれは精霊体。ということは男は精霊使い……という割にはあまりにその魔力の質が……。

まさかとは思いながらも、とにかくまずは犬の排除だ。

「おすわり」

『ガアアアアア』

一匹抑え込んだと思ったらすぐさま次が来る。

ミノタウロスの精霊体……？　人間にできる芸当だったかしら。こんな上位の精霊体を従えるなんて。

『グモォオオオオオオオオ』

「今日はモテモテね」

とにかく突っ込んできたそれを軽くあしらう。

徐々に男のことが気になってきた自分がいる。

相手は多分、人間だ。だがその纏うオーラが、魔力の質が、私が文献で、記憶で知っている人間のそれとは全く違っているのだ。

そう……私と同じ、宵闇の魔力を使っているようだ。

気になった私はすぐさま男に近づいた。

「まるで歯が立たない……」

「あら、褒めてくれるのね。ありがとう」

「――っ!?　ぐはっ……!」

接近した勢いだけで吹き飛んでいく男。他のヴァンパイアに関係があるとすればあまりに弱い。

こいつは単純に、偶然ここに来たただの人間だろう。

「さて、遊びは終わりにしましょうか」

なぜだかわからないけれど胸を掻き立てられるような思いにかられながら戦闘のために気持ちを切り替える。

もしこれで……私の本気を受けてなお、私に向かってこられる相手だと言うなら……。

そのときは改めて話してあげてもいいかなと、そう思った。

「【白炎】!」

男が手をかざしたかと思うと、それまでとはまるで質の違う魔法が放たれた。

本当に面白い男だ。まるで別人のように魔法の質が変わるのだから。

「懐かしいわね」

この魔法には見覚えがある。かつてこの地に来た人間に一人、こんな魔法を使う者がいたはずだ。

「終わりかしら?」

期待を込めて男に問う。

「安心してくれ。まだあるぞ?」

本当に期待を裏切らないでくれる男だった。

退屈も、寂しさも、この男が溶かしていくかのようだった。

「【雷光】」

周囲の天候が変わる。

これもまた、まるでこれまでとは異質の魔法だった。

そして面白いことに、魔法を放った本人が私よりも吹き飛んでいくのだ。

本当に全く、退屈しない男だった。

「面白いじゃない。少し興味が出たわ」

結局その男と会話を楽しむことにした。

考えてみればいつだって一人の私には良い話し相手じゃないか。

使い魔も殺されたというのだ。少しくらい暇つぶしに使ったって文句は言われないはずだ。

「で、あなたは何をしにここに来たのかしら？」

目的を尋ねる。

こんな場所だ。これまでだってほとんど生きたものなどたどり着いていない。

だからこそ気になった。

場合によってはもう少し、話してやってもいいと思った。

どんな答えでも、私の暇つぶしにはなりうるだろうとも思った。

その答えを聞いて、私が満たされて……満足できたならまたあの部屋に戻ってもいいとも、そう思った。

だって今日一日の退屈しのぎだけで、何年も持ちそうだから。

だが男の回答は、こちらの予想を斜め上に裏切るものだった。


「君に会うため？」

「……へっ!?」


突然の言葉になんて反応したら良いのかわからず変な声が出てしまう。

「なななななにを言っているのかしら!?」

「いやほんと、自分でもそう思う」

ほんとよ！

なんなの一体!?　何が狙いなのかしら！　私を狙ってるのかしら!?　身体!?　私の身体が目当てなの!?

「突然過ぎるわよ！　そういうのはもっと時間をかけてお互いを知って、ロマンチックな雰囲気で……って何を言わすのよ！」

本当に何を言わすの！　恥ずかしい……うぅ……こんなことならもう少し、こういう関係の文献にも目を通しておくんだったわ。

そうしたらきっとここまで動揺せずにもっといい返しができるかもしれない……。

そんなことがぐるぐる頭を回り始める。男はこっちの苦労を知ってか知らずか、静かにこう尋ねてきた。

「ヴァンパイア……だよな？」

「それを知ってこうして普通に話しているところは本当に、面白いわね、あなた」

いい度胸というやつだった。

全く……。本当にいい度胸だ。

私は何年もここで過ごしてきたのだ。

何年もずっと、一人で過ごしてきたのだ。

退屈が嫌で、あらゆる文献を読み漁ったし、一人が嫌で、無理やり使い魔だって作ってみた。

私に近い人間なんていう、ありもしない奇跡まで願った。

普段なら絶対出ないあの檻のような部屋を抜け出すきっかけを与えられた。

その奇跡のような存在が、私に向かってこう言ったのだ。

――君に会うため、と

その瞬間、私の中にあった何かが晴れた気がした。

私がなぜこうまでに退屈を感じていたのかを理解した。

私がこれからどうすべきなのかを理解した。

私はそう……あの孤独な檻から抜け出さなくちゃいけなかったんだ。

戦闘のための装いを改め、初めてその男の顔をまともに見た。

私を孤独の檻から連れ出した男。うん、面白い。

「一緒にしないでもらえるかしら？　ただのヴァンパイアではないわ」

正装に身を改めて、照れ隠しを込めて自分のことを教えてあげることにした。

この男ならばきっと、これから先もずっと、私の退屈を壊してくれる。

そんな期待を知ってしまったらもう、あんな場所には戻れないと、そう思った。

「ヴァンパイアロード。この地のヴァンパイアを統べる存在よ」

あとがき

はじめまして。すかいふぁーむと申します。

この度は拙作をお手にとっていただき誠にありがとうございます。

昔から生き物が大好きで、でも母が獣が苦手なため、飼育した動物は捕まえてきたカマキリやカブトムシやトカゲ、買ってもらったカメ、熱帯魚や金魚、果てはクモやらカエルやらもう何でもかんでも捕まえてペットにするという幼少期を過ごしてきました。

そんなこんなで生き物好きなのに犬やら猫やらハムスターなんかの一般的なペットよりも変わったものに惹かれるようになり、今では一部屋ヘビのための爬虫類部屋を作るほどです。

ちなみにペンネームにしたすかいふぁーむは、ブリーダーとしての屋号と同じものになっています。

テイマーものは半分趣味を詰め込んで書いていたのですが、今作は死んでも一緒にいられるというある意味ペット飼育者にとっての夢を物語にしました。

ランドとレイの間にある信頼関係のようなもの。あるいはミルムとの間にあるような見えない隔たりのような、でもそれを超えたつながりのようなものがお届けできていれば幸いです。

と、真面目な話みたいにしたのですがヘビはまっっったくなつかないので飼育の際はご注意ください。

腹が減ったら噛むし食いたくないときはこちらが丹精込めて準備した餌も一切口をつけません。ときには死ぬまで食わないみたいなことを平気でするやつらです。

それでもなお愛せる方はぜひ、ご検討を。

一応ヘビだけじゃなく普通(?)のペットとしてはチンチラというもふもふの生き物も飼ってますがこいつらもびっくりするくらい懐かないです。

なんで懐かない生き物ばかり飼ってるんでしょうね? 犬とか飼いたいですね。でもフェネックも魅力的です。フクロウも検討中。コウモリもいいな。カメレオンもチャレンジしたい。イグアナやオオトカゲなんかも惹かれますね。

そんなこんなで、もしかすると、この本の売上がなにか我が家の懐かない生き物に変わる日も来るかもしれません。

最後になりましたがイラストレーターの日向あずり様、大変素敵なイラストをありがとうございました。もう本当に日向先生の描く女の子が好きです！　レイたち含め、生命を吹き込んで頂き大変感謝しております。

また担当編集今井様をはじめ、関わっていただきました全ての方々に厚く御礼申し上げます。

そしてこの本を手にとっていただいた皆様、本当にありがとうございました。

可能ならばぜひ末永く、よろしくしていただけますと幸いです。

それでは、私は年中暖房が唸りを上げている爬虫類部屋へ戻ります。

今日はたくさん食べてくれることを祈りながら。

すかいふぁーむ

イラストレーターの日向あずりです。
強いヒロインって良いですよね。元々ハロウィンとかヴァンパイアみたいな
モチーフってすごく好きなのでかなり楽しく描かせていただきました。

今回、私の都合で挿絵が８枚しか描けず申し訳ないです。
次からはしっかり10枚描けるように頑張りたいと思います。

しかしこの男、どこまで強くなってしまうのか。

Hyuga Aguri

EARTH STAR NOVEL

追放されたお荷物テイマー、世界唯一のネクロマンサーに覚醒する ～ありあまるその力で自由を謳歌していたらいつの間にか最強に～ 1

発行 ―――――――― 2020年8月19日　初版第1刷発行

著者 ―――――――― すかいふぁーむ

イラストレーター ―――― 日向あずり

装丁デザイン ―――――― 村田慧太朗（VOLARE inc.）

発行者 ――――――――― 幕内和博

編集 ―――――――― 今井辰実

発行所 ――――――――― 株式会社 アース・スター エンターテイメント
〒141-0021　東京都品川区上大崎3-1-1
目黒セントラルスクエア　8F
TEL：03-5795-2871
FAX：03-5795-2872
https://www.es-novel.jp/

印刷・製本 ――――――― 中央精版印刷株式会社

ISBN 978-4-8030-1442-6